AMOR
é uma palavra
COMO OUTRA
QUALQUER

CB030728

AMOR
é uma palavra
COMO OUTRA
QUALQUER

Francisco Castro

TRADUÇÃO G. BARROS

© Francisco Castro, 2016

Todos os direitos reservados.

Nenhuma parte desta publicação pode ser reproduzida, distribuída ou transmitida por qualquer forma, seja por meios mecânicos, eletrônicos, seja via cópia xerográfica, sem a prévia autorização por escrito da Editora.

Esta é uma obra de ficção. Nomes, lugares, personagens e eventos são fictícios em todos os aspectos. Quaisquer semelhanças com eventos e pessoas reais, vivas ou mortas, são mera coincidência. Quaisquer marcas registradas, nomes de produtos ou recursos nomeados são usados apenas como referência e são consideradas propriedade de seus respectivos proprietários.

Editora
Silvia Tocci Masini
Revisão
Lígia Alves
Carla Neves

Diagramação
Charlie Simonetti
Capa e ilustração
Charlie Simonetti

Dados Internacionais de Catalogação na Publicação (CIP)
(Câmara Brasileira do Livro, SP, Brasil)

Castro, Francisco
  Amor é uma palavra como outra qualquer / Francisco Castro ; tradução G. Barros. -- São Paulo : Editora Pausa, 2020.

  Título original: Amor é unha palabra come outra calquera
  ISBN 978-65-5070-028-7

  1. Ficção espanhola I. Título.

20-39471   CDD-863

Índices para catálogo sistemático:

1. Ficção : Literatura espanhola   863

Cibele Maria Dias - Bibliotecária - CRB-8/9427

À memória de papai.

– Eu quero mais.
– Eu sei o que é querer mais. Inventei o conceito. A questão é: o que mais?
– Eu quero o conto de fadas.

Vivian Ward (Julia Roberts) e
Edward Lewis (Richard Gere) em
Uma linda mulher

SUMÁRIO

Oxitocina

Playlist

Carla através do espelho

Verônica

Uma chamada perdida

A vida resiste num post-it

Caronte

Rafael Bazán

Morfeu e os fantasmas em sépia

TQM

Os dez mandamentos do amor verdadeiro

Uma mulher de vestido amarelo

A parte de trás dos joelhos

Piedade e currículos

Superar a vida

Espanto. Mas amor

Proust me leva pela mão

Os quatro mandamentos (catecismo)

Perguntas e mentiras

Romeu e Julieta ou o animal fantástico

Os benefícios da amnésia

A anormalidade normal da beleza

Um túmulo com vista

Passado, futuro e presente do indicativo do verbo querer

Retratos da vida

Foto #1

Foto #2

Foto #3

Foto #4

Notas para um catálogo

Teoria e prática do posar fotográfico: a calma e o desvelamento

Uma mulher de vestido preto

Pele

Toque #1

Toque #2

As mulheres dos catálogos de moda não existem

Por quem rezamos quando fingimos rezar

Suas pernas são as colunas que sustentam o universo inteiro

Você em mim, eu em você

Zero a zero

Cadências

Desconstrução

Cai o pano. Luz

Uma linda história de amor

Quanto amor

OXITOCINA

C omeçamos a contar a história de Carla (quarenta anos e em processo de separação depois de uma relação de quinze anos), protagonista absoluta deste romance, que será sobre o amor, estabelecendo uma tese que consideramos indiscutível e crucial para que a história seja compreendida: a realidade não existe. Vamos dizer ainda mais: o que chamamos de *real* é uma *construção mental*, estruturas de pensamentos condicionados por aquilo que sentimos. Porque não somos, de forma alguma, qualquer que seja a tradição ocidental, animais racionais. Somos animais emocionais. E há mil coisas que condicionam, a partir da emoção, a nossa percepção do real. Mil. Fome, desespero, preconceito, nossa postura política, alegria ou tristeza...

E o amor. Acima de tudo, o amor.

O amor nos faz perceber a realidade de certa maneira. E esse não é um tópico literário para começar a contar esta história. É a verdade. Não há sentimento mais poderoso do que o amor, portanto não há condicionante mais forte nessa apreciação da realidade do que o amor.

Sobre o amor, dizem os especialistas, – porque parece que há especialistas na questão do amor – , que ele provoca uma alteração química comparável a uma espécie de explosão atômica no cérebro, uma bomba hormonal de oxitocina e endorfinas, e outras coisas com nomes semelhantes, que são liberadas no sangue quando estamos apaixonados. A parte ruim da explicação científica é que, como qualquer reação química, ela tende a ser consumida, ou seja, acaba. É uma chama com combustível contado. Os especialistas na questão amorosa dizem que a paixão dura, no máximo, três anos. Carla, a protagonista desta história de amor que vamos contar aqui, não pensa nessas coisas, mas, se tivesse pensado, diria que sim, com efeito, confirmaria o que dissemos: três anos; porque três anos apenas deve ter sido o tempo pelo qual Javier, seu marido, foi apaixonado por ela. "Para ele, porque posso dizer que estive apaixonada por ele até o último dia, mesmo no dia em que me informou que tudo tinha acabado, há um mês, exatamente trinta dias atrás, que tinha ficado sem amor. Será que já não tinha mais oxitocina, endorfinas ou qualquer coisa química no seu cérebro, que já não me amava, apesar de eu o amar? E eu o amava tanto!"

Os especialistas em assuntos amorosos não são os poetas. Nem mesmo os amantes. Neurologistas, neuroquímicos e neurocientistas são os especialistas em assuntos amorosos. O amor é algo que acontece dentro do cérebro e, mais especificamente, dentro das complexas conexões sinápticas simpáticas ou antipáticas que ocorrem entre os neurônios, dependendo do que está acontecendo lá fora, ou seja, dependendo do que o outro nos faz sentir, ou melhor, do que faz nossos neurônios sentirem, e que então continua na pele e no suor. O que chamamos de desejo. Carla sempre sentiu que Javier a amava. Ou talvez fosse porque os neurônios dela queriam acreditar nisso. Talvez sim, porque Carla estava, fazia quinze anos, viciada nessa poderosa oxitocina que o amor romântico cria para nós. Ou talvez seja o contrário: ao nos apaixonarmos romanticamente, fabricamos oxitocina e dopamina e toda essa apoteose química que ganha vida através daquele que amamos, ou acreditamos que amamos, ou queremos que nos ame e nos causa o desejo e o bacanal feliz de todas as emoções. Euforia. Felicidade. Doçura. Alegria. Ternura.

Mas também depressão. Ansiedade. Medo.

O amor nos dá tudo isso.

A química nos dá tudo isso.

E tendemos a pensar, mas é mentira, que a realidade tem tudo isso dentro dela.

—✗—

PLAYLIST

Carla não pensa muito nessas coisas ou em qualquer tipo de coisa, muito menos quando coloca os fones do celular e se isola com sua música, como uma adolescente (o que não é, ela já está na casa dos quarenta); quando coloca seus fones de ouvido em um volume insalubre, buscando, e provocando em si mesma, uma certa forma de inconsciência. Ela faz isso e a vida torna-se uma espécie de videoclipe estranho que lhe permite andar por Vigo ligada a uma música que age como um líquido amniótico, como um magma protetor, como um xarope com sabor adocicado que remove os décimos nocivos dessa febre má que por algum tempo foi vida para ela. Seus ouvidos estão zumbindo sem parar com uma infinita seleção de músicas de todas as épocas, embora especialmente da *sua época*, isto é, do que ela chama de sua época. Carla não difere muito do resto da humanidade nesse ponto. As pessoas tendem a mitificar, a fazer um caso idílico dos tempos em que viveram na primeira parte da vida, isto é, naquele período que costumamos chamar de *juventude*. As pessoas fazem isso, em geral, porque nesses anos quase sempre há muitos eventos, quase todos novos e com o aroma da primeira vez, que são marcados pelo fogo na parte festiva da memória: sair à noite, ter um namorado, fazer a própria vontade, fumar, talvez usar drogas e, é claro, descobrir o amor. São todas essas coisas que normalmente acontecem na juventude. A maioria das pessoas provavelmente está errada em se comportar dessa maneira. Talvez o mais responsável, pelo bem da saúde mental e do desfrutar da vida, seja assumir que o seu tempo é o dia específico em que se vive, este dia em particular, material, real e tangível. O amanhã, ainda veremos; o hoje, não se repete, nos mantém vivos no planeta, com os pés pregados à realidade. Pensar que o seu tempo é passado, é viver na saudade. E Carla, de certa forma, vive na saudade porque, embora tenha se passado um mês desde que ele saiu de casa, dizendo que seu advogado iria entrar em contato, a verdade é que ela ainda anseia por aquele tempo feliz que viveu quando tudo começou com Javier, quando eles saíram para viver juntos e prepararam o casamento. Ainda que estejamos contando de forma errada. Não é que tenha saudade daqueles dias com Javier *por Javier*. Não se pode ter saudade dele, porque Javier significa os últimos anos, – a memória é muito injusta –, e, apesar dos anos felizes, que existiram, anos de doçura e cumplicidade, seu nome agora significa infidelidade, desprezo, distância. Um lugar escuro. Tudo isso. Claro que não é Javier. De Javier não tem saudade. Carla tem saudade dos dias em que se apaixonou, daqueles dias em que a vida batia dentro dela, daquele tempo em que o sol brilhava mais, quando a música, mesmo a triste, era muito mais feliz.

—✗—

CARLA ATRAVÉS DO ESPELHO

Carla entra em seu prédio e tira os fones para entrar no elevador ao mesmo tempo que arranca a casca do meio do pão, um prazer infantil que ela nunca conseguiu abandonar, apesar do fato de Javier estourar de nervosismo com quem fazia isso. Ela se lembra muito bem das broncas, apoteóticas, com ele gritando na cozinha porque faltavam as cascas do pão (provavelmente as cascas do pão não se chamam cascas em muitos lugares, mas é como ela sempre as chamou; ela sempre se referiu a elas dessa maneira e sempre as comeu no caminho de casa quando era criança, e também o faz agora, nos seus quarenta anos). Eram quase duas e meia, boa hora para comer. Tinha saído às dez e meia, depois do café da manhã, quando a sua funcionária chegou, e Carla saiu, como fazia todos os dias, para caminhar ao longo da praia. Um passeio que ela vinha repetindo há um mês, desde o primeiro dia em que soube que estava sozinha, desde o primeiro dia em que compreendeu que, a partir de então, teria de preencher a vida com algo mais do que seu marido.

Ela saiu do elevador e, como já dissemos, eram duas e meia, portanto, hora do almoço. Poderia ser qualquer outra hora para comer, mas, dito como temos escrito, parece que há uma hora absoluta e obrigatória para todos em que é necessário comer, uma hora como *regra* para comer. Isso não existe, é claro, todos comem quando sentem vontade ou quando decidem que é sua hora de almoço ou quando o estômago obriga a colocar algo para dentro. De qualquer forma, para ela, duas e meia era hora do almoço, o horário em que sempre comia quando era criança, e seu pai exigia pontualidade, porque às três e meia ele voltava ao escritório; o horário em que ela sempre comia com Javier quando ele exigia pontualidade para comer e ir para o estúdio de arquitetura, para sair ou fugir para seu estúdio ou para longe de casa, o que ela nunca soube com certeza. A verdade é que ele nunca mostrou muito amor pela casa nem muito desejo de estar em casa. Ela dizia como se para convencê-lo ou como se para mudar esse procedimento e passar mais tempo juntos, ou seja, com ela, em suma, para forçá-lo, você sabe, a vida, minha casa, meu castelo; você sabe, amor, lar, doce lar; você sabe, coração, como em sua casa, em nenhum lugar. Mas ou ele não a entendia ou ela não sabia ser uma princesa para tal conquistador sem desejo de um castelo, pelo menos foi o que ela pensou no início, quando era óbvio que estava tudo acabado. Hoje ela sabe que não, que ele preferia as vagabundas, as livres às princesas, e especialmente as moradoras fora dessa casa onde ele, apesar dos esforços de sua esposa, nunca se sentiu em casa ou em um abrigo, muito menos em um castelo.

E, já que entramos em tais assuntos domésticos, digamos que seu castelo, seu refúgio, o lugar mais confortável, para ela sempre fora o banheiro, e não, é claro, por causa de longas permanências em vapores e águas cintilantes de relaxamento e lazer, mas porque era onde ela se olhava no espelho, atônita após cada discussão, temerosa de si, de Javier, dele, dela, deles, da vida, após cada briga, cada batalha dialética, cada passo a mais, rumo à destruição final. Entrava e se olhava no espelho e pensava: *onde está o meu erro, por que isso não funciona, o que acontece com o meu direito à felicidade? Porque eu tenho direito à felicidade, porque eu vejo pessoas felizes em anúncios, vejo pessoas felizes em programas de televisão, vejo pessoas felizes na rua, a felicidade é um direito, onde está o meu? Para onde foi meu pedaço de paraíso?* E assim, entre louças sanitárias brancas, móveis planejados, acessórios de toalhas, sabonetes decorativos e outras invenções da vida moderna, Carla deixou lágrimas com o espelho e a banheira como as únicas testemunhas silenciosas que nunca souberam responder às suas exigências em torno da felicidade e do direito à felicidade. Talvez nunca tenham respondido não só porque eram objetos inanimados incapazes de manter qualquer diálogo com as pessoas, muito menos por causa de disputas filosóficas sobre felicidade e se ela é um direito ou não. Talvez nunca tenham respondido porque são sábias e no fundo estão cientes de que ninguém tem direito à felicidade; que esta é uma invenção da cultura ociosa; que a felicidade não é um estado como insistem em defender, enganando todos nós, como aqueles suplementos de jornais de domingo em que se mergulha na busca de verdades, guias de comportamento e nutrição, de diretrizes de relacionamento que ajudarão a continuar por mais um dia, a orientar-se na vida por mais um dia, a saber comportar-se na vida moderna por mais um dia, a atrair seu marido, a deixá-lo louco, a amarrá-lo à sua cama, ou seja, ao seu coração por mais um dia e assim consertar tudo e não perdê-lo e respirar, respirar, respirar, respirar, respirar, respirar e parar de falar com a velha figura podre, cada dia mais, que deveria ser ela: aquela mulher taciturna do outro lado do espelho do banheiro. É o que ela faz, é o que tem feito a vida toda. A dela é, claro, uma existência atlética. Atlética de Atlas, que carregava todo o peso do universo sobre os ombros. Atlas ou o Carregador, neste momento a Carregadora. Carla era responsável por essa casa não ter caído, por essa relação continuar. Ela dizia: "Javier, amor, se eu colocar todo o meu carinho e você não colocar nada, então para onde estamos indo, Javier? Vida, se eu não lutar pela nossa felicidade, porque estamos felizes, porque nós vivemos bem, se você não lutar também, o que vai acontecer conosco? Você quer viver assim?". E ele nunca respondia, não tinha nada a dizer sobre isso porque não entendia realmente o que ela estava dizendo ou o que estava fazendo. "Do que você está reclamando, o que você está me perguntando, viver não é tão difícil, Carla, a vida é assim, vá se foder". Ela é um Atlas cansado. Uma Carregadora cansada. Cansada de carregar, cansada de suportar. Atlas fracassada. Atlas exausta de carregar todos os pilares de uma terra prometida que foi vendida e que era uma mentira.

 Às duas e meia, sim, já está na hora. Maria Jesus já terá a mesa posta. Ela tinha contratado a funcionária fazia um mês. Não, na verdade tinha sido há quase um mês, no dia seguinte à partida de Javier. Alguns dias antes, Cristina, a funcionária anterior que a agência enviara, tinha ido embora. Cansada do barulho constante naquela casa, ela disse adeus: "Senhora, não aguento mais". "Nem eu, Cristina, nem eu aguento mais. Mas o que quer que eu faça?"

Para resumir, e para resumir muito: seu casamento tinha ido à merda. Num dia Cristina partiu, e, no dia seguinte, Javier. Embora ele já tivesse partido muito antes. Ele, provavelmente, nunca estivera lá completamente; nunca, é claro, como ela pensava que ele deveria estar: como um amante que tem em mente envelhecer ao lado de sua amada.

—✗—

VERÔNICA

Carla saiu do elevador e estranhou não sentir o aroma quente da comida que Maria Jesus lhe preparava todos os dias, a funcionária que trabalha nas coisas de casa, essas coisas que Carla nunca teve de fazer (desde pequena em sua casa sempre tivera funcionárias que as fizessem, se casou aos vinte e cinco e sempre teve funcionárias para fazer tudo), até ela aparecer para comer na hora em que tinha de comer, ou seja, às duas e meia. Deixava a mesa posta, a cozinha limpa e a máquina de lavar louça pronta para colocar a pouca sujeira. Depois de deixar a comida servida no prato de Carla, Maria Jesus ia embora limpar outra casa ou um escritório no extremo de Vigo. Em um mês não tinha dado tempo de conhecê-la muito. Alguma coisa apenas. E por isso sabia que Maria Jesus era uma trabalhadora destemida (trabalho sem registro, naturalmente), que passara a vida toda limpando casas, cuidando de velhos ou crianças e fazendo o que tivesse de fazer, desde quando o sol aparecia até as dez ou mais da noite, ou a hora que fosse, quando voltava para sua casa. Que gastava muito pouco (trabalhando sem registro os sete dias da semana ficava muito cansada, e sabia disso) e que tudo o que poupava (mais de três mil euros por mês, gabava-se) colocava na Caixa Econômica para fazer, logo que pudesse, uma piscina. Ela lhe contara que vivia na zona de Lavadores, ou seja, num dos muitos bairros ao redor de Vigo, que tinha comprado uma casa pagando em dinheiro a um amigo construtor e que só queria isto na vida: dinheiro, dinheiro e dinheiro.

Talvez ela e Javier, de uma forma um pouco diferente, estivessem à procura da mesma coisa. Pelo menos Javier, porque durante esses quinze anos de casal com baixo teor de oxitocina, ao menos de boca, quando eram questionados sobre essas questões de planos futuros e planos de vida, ambos tinham clareza quanto ao fato de que o que mais importava era a carreira do arquiteto. Javier estava com quarenta anos, tinha seu próprio estúdio e uma carreira profissional no caminho certo. Ele tinha os contatos, a experiência e, acima de tudo, o talento necessário para brilhar como estava fazendo. As perspectivas de futuro eram as melhores. Os seus papéis estavam muito bem divididos. Ele se concentrava no seu trabalho e ela em fazê-lo feliz. Carla fez isso (desistir de planos e de projetos próprios, como ter filhos, ser mãe, experimentar a possibilidade que a natureza dá às mulheres, e especialmente às mulheres que vivem acompanhadas) porque pensava que na realidade os planos (os planos de renúncia, os planos de desenvolvimento profissional do arquiteto) eram planos de ambos. Mas não era verdade. Ele tinha os seus e tinha-os bem claros: tornar-se um dos arquitetos mais importantes da cidade, exatamente o que é agora. Ele não renunciou aos seus sonhos, e alcançou-os. Mas esses sonhos eram só dele, por mais que Carla quisesse pensar que fossem os planos do casal. Provavelmente não existem planos comuns que sejam absolutamente satisfatórios para ambas as partes. É sempre uma relação desequilibrada que se estabelece. Há alguém que lidera e alguém que se deixa liderar e renuncia a ser, completamente. A cultura, em particular, reserva esse papel às mulheres. E a maioria delas, como Carla, cresce apaixonada lendo, vendo ou ouvindo belas histórias de amor, mas muito retrógradas, que as levam a crer que essa renúncia, na realidade, é uma conquista. O falocentrismo funciona maravilhosamente, é preciso reconhecer, a elas se ensina a renunciar, e também a fazer cara de contente.

Por causa dessa concentração nele, Carla desistiu de ter filhos nos seus dias mais férteis, e agora, aos quarenta anos, sente o dever de chamar a atenção dele para o óbvio. "Tenho um relógio biológico que não vai esperar por mim. Não sei se quero ser mãe, mas mais cedo ou mais tarde não vamos poder ter filhos, pelo menos eu não vou poder". Disse isso a ele e imaginou um futuro promissor dos dois idosos rodeados de netos em uma casa à beira-mar, abraçados pela cintura e iluminados por um belo pôr do sol laranja, talvez com um lago como cenário ideal para que a vida, sim, possa ser perfeita quando o amor triunfa. Foi assim que ela se imaginou vivendo as últimas décadas felizes de uma vida que seria feliz, numa casa como essa, não naquele apartamento, arrumado às pressas, claro, no meio daquela selva de asfalto cruel em que ainda viviam o casamento dos ricos burgueses de Vigo que eram. Então Carla fez uma pergunta que mudou tudo para sempre: "Você quer ter filhos?". E a resposta, que foi negativa, mudou tudo para sempre, não porque fosse uma decepção ou uma barreira impossível de superar que ela quisesse (ela também não tinha isso tão claro), mas ele não. Mais do que a resposta, o que mudou tudo para sempre foi o tom da resposta. E o olhar, fixo, firme, em seus olhos, com que ele respondeu. Porque nesse olhar havia uma obviedade diáfana e transparente, como são sempre as obviedades quando vêm diretamente do coração e não há desejo de mentir. Um olhar translúcido cheio de verdade que significava algo como: "Eu não quero ter filhos com você porque está muito claro que não vou estar com você pelo resto da minha vida".

Na semana seguinte ele contou a ela sobre Verônica, a das Avaliações. Agora vivem juntos, desde o dia em que ele saiu de casa. Javier foi viver com ela. Viver e construir um futuro promissor de idosos rodeados de netos em uma casa à beira-mar, abraçados pela cintura e iluminados por um belo pôr do sol laranja, talvez com um lago como cenário ideal para que a vida, sim, possa ser perfeita quando o amor triunfa.

—x—

UMA CHAMADA PERDIDA

Carla faz um esforço para não pensar nesse tipo de coisa quando sai para passear, para não pensar em nada, muito menos em Javier fazendo em Verônica o primeiro de seus filhos, porque está convencida de que ele vai querer tê-los com ela. Verônica tem trinta e poucos anos. E, quando os viu na Rua Príncipe (eles não a viram), em pleno centro comercial da cidade, andando de mãos dadas, observou um Javier rejuvenescido, com uma expressão suave no rosto que a matou por dentro e a machucou profundamente porque nunca o tinha visto assim em todo o tempo em que viveram juntos. Tão bonito. Tão calmo. Um modelo de Javier.

Foi o que Carla pensou, Mulher Sem Biografia.

Maria Jesus lhe prepara tudo. Carla adora especialmente seus ensopados de carne com batatas, ou aqueles purês que come às colheradas feito uma possessa, ou o coquetel de camarão, e uma centena de iguarias que deixa prontas, quentes, bem arrumadas em um único prato. Ela é uma excelente cozinheira, por isso lhe perguntou ontem, enquanto ao mesmo tempo aplaudia por dentro ao saborear uma sopa com macarrão muito quente, porque estava muito frio: "Mas como é possível que você ainda esteja solteira?". Ela começou a rir e respondeu com uma divertida frase de lápide: "Os homens são inúteis, vão embora, eu não os quero". Carla, disfarçando sua curiosidade em simpatia, perguntou: "Nem mesmo para a cama?". E ela riu ainda mais intensamente. Depois sentou-se com ela à mesa e disse: "Olha, só estive com dois homens na cama. Com um deles fiz quatro vezes no motel Caribe, aquele no caminho de Samil. E não senti nada. Faz mais de dez anos, eu ainda era jovem e não sabia nada sobre o mundo. Um ano atrás conheci alguém no Duke. Às vezes vou lá aos sábados com a Lola, uma vizinha, para dançar como loucas. É a única despesa extra que tenho, sabe? Quer dizer, isso e as roupas, que você vê que eu gosto". (Maria Jesus se veste perfeitamente caracterizada como para participar de um *reality show* sobre mulheres dos subúrbios da grande capital. Ela adora calças de couro apertadas que imitam animais selvagens, botas vermelhas, calcinhas que você vê quando ela se agacha, deixando-as aparecer, ou quando dança no Duke no sábado à noite com a calcinha aparecendo, colares de prata grossos, cabelo loiro tingido, e acima de tudo adora sua casa de fazenda, com pedra aparente, grama bem cortada, e nadar na piscina.) "Enfim, encontrei um cara no Duke e pensei, vou tentar, e nada, eu não sentia nada. Não quero homens. Não os quero. Eles vêm para o que querem, para ficar com todo o dinheiro e fazer você trabalhar para eles. E eu trabalho para mim".

Carla saiu do elevador e ficou surpresa, como já dissemos, por não sentir o aroma delicioso da comida de Maria Jesus, apesar de serem duas e meia.

Ela abriu a porta, mas só um pouco.

Só conseguiu abri-la um pouco.

Um braço de Maria Jesus aparecia. Era a única coisa que se podia ver da porta semiaberta. Carla, apavorada de medo, empurrou com todas as forças para poder abrir completamente, entrar e confirmar o que já estava claro, mesmo antes de entrar em casa.

Que a funcionária dela estava morta no meio do corredor. Morta e deitada no chão. De lado. Morta. Com os olhos abertos de espanto e o celular apertado numa mão.

—✗—

A VIDA RESISTE NUM *POST-IT*

Uma das primeiras coisas que ficaram claras para Carla quando a polícia entrou em sua casa foi que os diretores de cinema não fazem ideia de como a verdadeira polícia se comporta porque, se soubessem, contariam de outra forma. Nos filmes, eles vêm rapidamente, há sempre uma viatura por perto, então os bandidos sempre são pegos e não fogem. Demorou quase meia hora para que uma viatura chegasse ali com dois agentes que apareceram demonstrando uma calma inacreditável e sonolenta, considerando a gravidade do assunto pelo qual estavam sendo solicitados. Eles não arrombaram portas ou subiram as escadas afastando os vizinhos que cruzavam seu caminho, soltando blasfêmias irreproduzíveis para pessoas decentes, e também: "Saiam do caminho, saiam do caminho, saiam do caminho, deixem passar a polícia!". O que eles fizeram foi interfonar para dizer, muito calmamente, educadamente, formalmente, esquecidos da terrível situação que ela tinha em casa com a funcionária morta, que era a polícia. Nem sequer soltaram um viril "abra, é a polícia", ou "pode abrir a porta para nós, por favor?". Então, no elevador lento, dois policiais uniformizados subiram e a cumprimentaram com um "boa-tarde" diplomático, pedindo novamente permissão para entrar na casa. Não conseguiram limpar os pés no tapete de entrada. Um deles, que pulou com um grande passo por cima da mulher morta para não pisar em seu corpo, inclinou-se para tocar o pescoço dela com dois dedos. "Ela está morta", disse Carla, que já tinha feito isso antes. Isso e pegar o celular da falecida, que agora estava no bolso de trás da sua calça. Ela o pegou sem pensar no que estava fazendo. Ela o viu ali, provavelmente num último gesto para chamar alguém, talvez a própria Carla, para explicar que estava passando mal, que se sentia mal, que estava morrendo, quem sabe o que a pobrezinha pensou quando percebeu que estava morrendo.

Um dos homens pegou um celular para ligar a alguém para dizer que havia um cadáver numa casa, morto sem sinais aparentes de violência, e que, a princípio, na avaliação superficial, parecia um ataque cardíaco. Enquanto isso, percebeu que o outro policial estava olhando a cozinha e os quartos (três: um transformado em biblioteca, outro transformado em nada, porque era o escritório de Javier quando morava lá, e agora é exatamente isso, um quarto nada, um quarto vazio, e um terceiro, o seu próprio).

Passou-se quase mais meia hora até que chegassem outros policiais, e também vizinhos que saíam de suas portas perguntando o que estava acontecendo e aos quais ela atendia tentando não ser muito afetada, embora estivesse, para lhes explicar o que havia acontecido e que ela também havia dito a um policial, que se identificou como inspetor, que tinha chegado, como sempre, de sua caminhada matinal e que a mulher havia sido encontrada assim, morta, deitada no chão.

Foi só às sete da noite que Maria Jesus foi retirada, ou seja, muitas horas depois de todo aquele susto ter começado. Chegou uma delegada com cara de leitora de romances que lhe disse que ela provavelmente seria chamada nos próximos dias para dar um depoimento mais detalhado a fim de completar as informações que eles já tinham sobre o que ela havia dito aos agentes, e então (a porta ficou aberta por horas com as pessoas entrando e saindo sem parar) dois homens de uma casa funerária com a aparência de leitores de jornal de esportes levantaram o corpo quando a delegada deu permissão para colocá-lo em uma capa plástica verde-oliva. Uma policial tinha perguntado horas antes o nome completo da mulher morta (curiosamente ninguém lhe perguntara se havia um contrato de trabalho com a mulher morta, ou o que aquela mulher agora morta estava fazendo trabalhando em sua casa, e todas aquelas coisas que imaginamos nas noites sem dormir que a polícia pode nos perguntar se um dia eles são enviados pelas autoridades para nos pedir papéis sobre termos pessoas trabalhando em casa que agora aparecem mortas), e aquela mesma policial voltou algumas horas depois, antes de levarem a funcionária, para lhe dizer que, de acordo com a documentação que tinha visto, "essa mulher não tem registro de ter família, nem marido, nem filhos, nem pais, nem nada, e então quem vai cuidar dela". Carla perguntou "cuidar do que?", e a oficial olhou para ela como se tivesse visto um cachorro falando, e então respondeu, "do que é preciso fazer, o enterro e os papéis que têm que ser preenchidos. Você não tem ideia do trabalho que dá uma morte". Em vez de dizer "não posso" ou "acho que não quero" ou mesmo "não é problema meu tirar os mortos da minha casa e me deixe em paz", Carla disse "é claro".

E ela o disse e sentiu, embora não parecesse muito relevante agora, saudade dos tempos em que Javier vivia com ela, muito antes de ela ter dito alguma coisa sobre ter filhos, muito antes de Verônica, a das Avaliações, tê-lo levado; saudade daqueles dias em que Javier vivia com ela e tomava decisões por ela e sabia sempre o que devia ser feito e, sobretudo, o que tinha de fazer. Ela disse "é claro" e depois acrescentou "não faço ideia do que fazer". A policial disse para não se preocupar com isso agora, e que ela tinha tempo. Como foi uma morte em que a polícia teve de intervir, o corpo deveria passar por uma autópsia para investigarem coisas estranhas. "Que tipo de coisas estranhas?", Carla perguntou, enquanto percebia que a resposta seria óbvia; "o habitual", disse a policial, "um envenenamento, uma agressão, eu não sei, de qualquer maneira, não se preocupe, parece que foi um ataque cardíaco que a matou. Você sabe se alguém queria feri-la?", ela perguntou, tornando incompreensível a resposta anterior sobre quase certamente ter morrido de morte natural. Carla percebeu antes de responder que não, que não a conhecia muito bem, que só sabia que não queria homens em sua vida, e que trabalhava como um burro de carga; talvez tivesse morrido disso, de estresse puro, como alta executiva de amoníaco e desinfetante que era (ela se permitiu pensar comicamente).

"Vou lhe dar um conselho", disse a policial, tomando como certo que ela diria sim novamente, "ligue para três ou quatro seguradoras, as mais conhecidas, você sabe, La Fe, Mapfre, Ocaso, Santa Lucia, todas elas; há muitas pessoas que têm lá uma apólice para cuidar das coisas da morte quando chega esse momento". Carla teve dificuldade em imaginar alguém pagando por uma apólice em vida para cuidarem dele ou dela na morte. Carla teve dificuldade em imaginar Maria Jesus pagando todo mês por sua apólice de vida ou morte, ou qualquer que fosse o nome dessas apólices. Como esperado, ela disse "naturalmente", e assim que todos saíram, especialmente Maria Jesus, embrulhada em uma capa protetora, uma concha verde-oliva, sentou-se em uma cadeira para entrar na internet e procurar os telefones das seguradoras mais conhecidas, aquelas recomendadas pela agente, La Fe, Mapfre, Ocaso, Santa Lucia, todas elas. Sentou-se à mesa da cozinha, onde o notebook estava sempre fechado, e viu que tinha um *post-it* preso, um pedaço de papel amarelo escrito com uma letra que não era sua, ou seja, escrito por Maria Jesus: "Ligar para César".

—x—

CARONTE

Ao sentar-se, sentiu o celular da mulher morta na nádega esquerda. Ela o tirou e o colocou na mesa. Depois, pegou o *post-it* e o colocou na tela do celular.
Papelzinho com um recado.
O celular de Maria Jesus.
Isso foi tudo o que restou dela naquela casa que tinha ocupado seu corpo sombrio de mulher de bairro feliz e trabalhadora. O celular era maior que o de Carla, totalmente rosa e com uma capa com algo parecido com imitação de pérolas coladas juntas, como diamantes de plástico, como rubis de gel. Ela percebeu, ao ligar o aparelho, que talvez devesse tê-lo dado à polícia. E percebeu, no segundo seguinte, que agora não importava, porque, se não o tinha entregado no momento em que a polícia estava em sua casa (na verdade ela nem se lembrou dele em todas aquelas horas; ele havia se refugiado ali em um dos bolsos da calça), agora não importava mais. A verdade é que não sabia sobre ele até aquele momento, porque tinha passado muitas horas sem se sentar. Foi quando se sentou que reparou que o celular estava lá reclamando sua atenção. Agora ele estava lá. Se chamasse a polícia agora para contar a eles, "voltem, retornem", que ela tinha escondido no traseiro o celular da falecida, entraria numa confusão importante. E não porque o tinha, mas porque o tirara da mão da mulher morta. Eles lhe perguntariam: "E por que ficou com ele? Você não sabe, não vê os filmes, que não tem que tocar nos cadáveres até que cheguem os investigadores?".
Ela pressionou o botão central e o visor se acendeu. Uma Maria Jesus sorridente (com um capuz colorido na cabeça, uma taça de champanhe numa mão e serpentinas penduradas nos ombros) sorria para ela, embora sua boca estivesse um pouco coberta pelo único ícone ali, o WhatsApp. Felizmente, a imagem desapareceu rapidamente e assim Maria Jesus morreu naquela noite pela segunda vez consecutiva.

O primeiro telefonema acertou no alvo. "Sim, Maria Jesus Rodríguez Ortiz tinha uma apólice contratada conosco", relatou uma voz de atendente estéril e muito enfadonha. "Como você se chama?" Carla hesitou antes de responder, mas ela o fez dizendo seu nome. "E quando foi a morte, Dona Carla?" "O quê?", perguntou Carla. "O óbito, a morte, o falecimento". "Bem, eu não sei o que lhe dizer, porque ela apareceu morta em minha casa, onde trabalhava como funcionária doméstica", acrescentou Carla, oferecendo informações que eram claramente irrelevantes. "Já foi feita uma autópsia?" "Como?", ela perguntou, mas não porque não entendesse o que significava realizar a autópsia, pois já tinha experimentado antes a morte, mas por causa do espanto que sentiu quando viu a normalidade com que esse tipo de situação era tratada por aquele tipo de empresa que negocia com a morte, ou melhor, com a eliminação dos restos mortais que nos tornamos quando morremos e com os quais ninguém sabe o que fazer. "Não, não, disseram que amanhã será a autópsia" (autópsia pronunciada com autoridade, como se para deixar claro que ela é uma mulher com vocabulário). "Você é parente da Sra. Rodríguez Ortiz?" "Não, não, ela não é, bem, ela não era da minha família". "Então por que é que está me comunicando a morte?"

"Me disseram que não encontraram nenhum membro da família, que não tinham nenhuma informação sobre alguém ligado a ela, e então eu me ofereci para cuidar de tudo, e cheguei até você por puro acaso; tive sorte, uma policial me disse alguns nomes de seguradoras, e na primeira eu acertei". "Entendo", disse a voz, "espere", disse novamente, e começou a tocar um trecho de música de espera por pouco mais de um minuto e meio, "não desligue", disse a voz, "estamos verificando alguns dados", dava para ouvir alguém digitando ao fundo, e outras vozes falando sabe-se lá com quem. Quantas pessoas estariam gerenciando a mesma coisa que ela naquele preciso momento? Muitas, sem dúvida muitas, um monte de gente morre todos os dias no mundo, há um monte de corpos para cuidar, o que é um negócio bem pensado, a matéria-prima nunca vai acabar, muito pelo contrário, há sempre mais, muitas pessoas que gerenciam a morte de outras pessoas que já não são pessoas, mas provavelmente ela era a única pessoa que lidava com uma morta que não era sua responsabilidade, mas, de qualquer maneira, o que ela ia fazer, deixá-la em um necrotério para sempre ou pelo menos até alguém perceber que estava desaparecida? Assim como a tal Lola, com quem ia ao Duke para dançar como uma louca, poderia ter se encarregado, "me perdoe por esperar, Dona Carla", disse a voz, "sim, vimos a apólice da Sra. Rodríguez Ortiz e na verdade não encontramos nenhum nome com quem entrar em contato em caso de morte"; "e isso não é estranho?", ela perguntou, mas a voz não disse muito mais do que uma obviedade, "sim, sim, um pouco estranho é, bem, não é a coisa habitual, geralmente quando se fazem esses contratos você deixa os nomes dos filhos, irmãos e telefones como contato, mas você vê que sua amiga (a voz toma como certo que elas eram amigas, mesmo que ela tenha dito que era apenas a funcionária que tinha em casa) não fez isso, então, diga-me, você vai cuidar de todas as formalidades do enterro, Dona Carla?".

"Claro que sim".

"Um dos nossos agentes locais irá contatá-la em breve. Meus sentimentos", respondeu a atendente. Carla agradeceu e desligou. Então pegou o celular de Maria Jesus, apertou o botão central para ver seu rosto de alegria e celebração e começou a chorar.

—x—

RAFAEL BAZÁN

Ela chorou silenciosamente, contida, com os lábios bem apertados, por alguns minutos. Se lhe tivéssemos perguntado por que chorava, ou por quem, não teria conseguido especificar. Talvez por causa da sua funcionária. Ou por ela mesma. Ou por Javier e Verônica, a das Avaliações, e o filho que eles terão qualquer dia desses e ela verá. Ou só porque... Porque a vida é um lugar que nos predispõe a chorar.

Desligou o visor e pegou o *post-it*. "Ligar para César". Ao cair da noite o bilhete ainda estava lá. Colado. O celular rosa de Maria Jesus, como se quisesse falar com ela, emitiu um aviso de que a bateria estava acabando, então ela foi até sua bolsa (a bolsa de Maria Jesus havia sido levada pela polícia) para pegar um carregador e conectá-lo à tomada. Sentindo o tremor elétrico da carga, a tela, agradecida ou talvez aliviada por iluminar a segurança de sua morte iminente, acendeu e deixou Maria Jesus ser vista novamente por alguns segundos, naquele momento algo fantasmagoricamente mal iluminado em um instante fugaz como o luar quando a nuvem passa no meio da floresta ou em um jardim de magnólia. O celular, neste momento o seu, estava tocando. Ela atendeu, e do outro lado a voz falou, desta vez uma voz cinza.

Embora seja evidente que as vozes não têm cor, aquela tinha cor, e era cinza. Cor tem o céu, os olhos das pessoas (ela não se lembra de como eram os olhos de Maria Jesus), e outras coisas que você pode ver, sobretudo de que cor são, azul, verde, vermelho, amarelo; mas as vozes não. Não são vistas, nem têm cor. Mas aquela tinha, e era cinzenta. E ela ficou feliz por ser uma voz cinza porque, de alguma forma, quem chamava era a Morte, e ainda assim, apesar do absurdo do dia, algo coerente. A voz cinza, de homem, falou baixo: "Senhora, pode me dizer seu nome?". Ela hesitou novamente antes de responder, por que todos queriam saber o nome dela? E a voz cinza, de homem, que além de ser cinza deveria ser telepática, esclareceu, "é para eu me dirigir a você", "Carla, meu nome é Carla", "muito boa tarde, ou já é noite, Sra. Carla, meus sentimentos. Meu nome é Rafael Bazán e sou o agente de seguros que cuidará de tudo o que estiver relacionado com o enterro de Maria Jesus, sua amiga. Para começar vou explicar o que está incluído na apólice da falecida, e não se preocupe, vamos tentar fazê-lo o mais rápido possível, que estes assuntos são sempre cansativos e desagradáveis"; ela ficou dois segundos em silêncio, mais do que qualquer coisa, porque não sabia o que poderia acrescentar, e acima de tudo para que ele pudesse continuar a falar e preencher com palavras o vazio difícil de lidar; "você vai ver, o normal é que lhe entreguem o corpo de Dona Maria Jesus amanhã ou no dia seguinte", "amanhã", ela sussurrou, "como?", perguntou a voz; ela disse "a polícia disse que amanhã me darão o corpo", usou esse verbo, *dar*, que eles lhe *dariam* o corpo, e o verbo soou curioso para ela, dar um corpo, como alguém que dá um bilhete, agora ou em uns dias. "Ah! Muito bem, perfeito, porque amanhã é muito melhor, quanto mais cedo estiver enterrada melhor; como eu disse, Dona Carla, o normal é ter o corpo entregue a você (trocado por entregue) depois da autópsia, amanhã possivelmente, como você me disse, e a partir desse momento nós cuidamos dele. Quando o IML entrar em contato, ligue para mim, já tem o meu celular no seu, grave-o na sua agenda de contatos, o meu nome é Rafael Bazán, já lhe disse antes, por isso, quando a avisarem, vão perguntar para qual funerária pretende levar, e que funerária escolheu". "Posso escolher?" "Sim, sim, você pode escolher, nós trabalhamos com as duas que ficam em Vigo, a municipal e a particular, você sabe, a que fica lá em cima, na subida para o campus universitário"; "a particular" (ela achava que uma mulher como Maria Jesus, sempre tão preocupada com a aparência física e a da casa com piscina, certamente teria preferido um tratamento pessoal e exclusivo nesta última viagem, não a funerária municipal, que é para todos e, portanto, muito pouco exclusiva). "Bem, isso é perfeito, anotado, vamos à funerária particular, como eu disse, quando ligarem e perguntarem, diga que quer que eles a levem para lá, e antes que eles cheguem com os restos mortais eu estarei esperando por ela e por você; já vou falar hoje com a funerária para que sejam avisados e designem uma sala para ocupá-la o mais cedo possível. Então é isso, vamos ficar assim, eu não vou incomodá-la mais, porque imagino que é um momento muito difícil e a última coisa que você vai querer é manter a cabeça ocupada com esses assuntos desagradáveis; agora descanse o máximo que puder e não se preocupe com nada, eu vou cuidar de tudo. Vou estar à espera dos restos mortais da falecida e vamos cuidar de tudo", ele repetiu pela segunda vez, apesar de o ter dito há pouco; "mas isso é tudo?", perguntou Carla, e ela estava sendo muito sincera em sua pergunta, porque não sabia como eram essas coisas.

    Quando seus pais morreram foi Javier que tomou conta de tudo, ambos tinham morrido no mesmo ano, a mãe abriu e o pai fechou, tinha sido um choque, mas nas duas vezes Javier, Javier protetor, Javier homem seguro, certo arquiteto de sucesso que dá emprego a muitas pessoas, muitas mulheres jovens, como Verônica, do departamento de Avaliações, tinha tomado conta de tudo, e ela não precisou pensar; ela tinha tomado pílulas ansiolíticas ou antidepressivas ou para dormir ou não se lembrava bem para que Javier lhe dissera que era aquele monte de pílulas que ele colocara na palma da mão dela e então na boca depois de entregar a ela um copo de água e que foram diretamente para o cérebro dela e que de fato, sim, elas a mergulharam, nas duas vezes, em um estado de sonolência tranquila que tornou mais fácil aguentar, e, porque ele as deu a ela, Carla as tomou, e sempre confiara em Javier; e como não confiar naqueles olhos verde-esperança que a fizeram feliz durante os quase quinze anos que passaram juntos, porque ela foi feliz, ele provavelmente nunca foi, e por isso saiu para buscar fora o que não encontrava em casa; mas ela confiava, se ele dava os comprimidos, ela confiava, e se lhe dissesse *eu só quero você*, ela confiava, e se lhe dissesse ***não virei jantar***, confiava e não duvidava de que aqueles longos dias de trabalho que ele tinha cada vez mais frequentemente, dia após dia, eram também para trabalhar, como ele disse que eram, e não para sair com Loli, Marta ou Paz, apenas para mencionar três com quem ela soube que ele teve algo, com quantas mais ele teria tido algo e ela não sabe, e especialmente com Verônica, com quem ele traçou um futuro e ele disse que sim e ela disse que sim e agora Carla imagina que eles terão um filho que, provavelmente, será tão bonito como ele. A suspeita tem fundamento, Fátima, a única amiga que provavelmente ficou de sua vida passada (sua vida passada é a de trinta e um dias atrás), Fátima disse a ela, "Carla, isso é muito difícil de dizer, mas é melhor eu te dizer do que você ver isso um dia na rua, mas parece que estão dizendo na empresa que Verônica está grávida de Javier".

    Na verdade, quando ela teve de enfrentar a morte pela primeira vez, por causa da morte de seus pais, foi Javier quem cuidou de tudo, mas agora ela não tinha ideia de que tipo de problema poderia ter que enfrentar assim que fosse informada pelo órgão responsável de que já teria o corpo à sua disposição para enterrá-lo, então o agente de seguros de vida, ou de morte, para este caso que nos preocupa tanto, não importa como isso é classificado, Rafael Bazán, que é um telepata, acrescentou, "você sabe, Dona Carla, temos de escrever um obituário, escolher o caixão, decidir se será cremação ou enterro", "enterro, enterro", ela disse com certeza, interrompendo-o, duas vezes repetiu a palavra, "você tem certeza?", "sim, sim, com certeza, sendo Maria Jesus como era, tenho certeza de que ela teria preferido um túmulo com boas paisagens", "de fato", disse o agente da seguradora, "como?", Carla perguntou com incredulidade quando sentiu um indício de estranha obviedade na voz de seu interlocutor que lhe deu a razão, "sim, na apólice ela afirmou que possuía um túmulo no cemitério de Teis, e, pelo que vejo aqui, vamos ver, espere", Carla ouve que ele vasculha os papéis, "então, eu vejo aqui que é um do terceiro andar, ou seja, aqueles que têm vista para o estuário, o mais caro, por sinal, comprou-o há um ano", "um ano atrás?", ela perguntou, "sim, um ano atrás".

    Neste ponto, ela parecia saber que iria morrer em pouco tempo, caso contrário, por que comprou um túmulo se era tão jovem? Carla reflete e percebe que não tem ideia da idade real de sua ajudante, mas era mais velha do que ela, talvez cinquenta, ou cinquenta e um ou cinquenta e dois; com certeza amanhã, quando escreverem o obituário, eles terão essa informação, com certeza aparece na apólice; "então, será enterro; nós também temos de pensar se haverá uma cerimônia religiosa ou não, a apólice cobre uma coroa de flores, o obituário, o caixão e o traslado para o cemitério de Teis". "Tudo bem", disse ela, "nos falamos amanhã e decidimos".

    Rafael Bazán disse adeus repetindo novamente os seus sentimentos e, antes de desligar, acrescentou, "não hesite em me chamar a qualquer momento se tiver qualquer dúvida, a qualquer hora do dia, ficarei feliz em ajudá-la, estou aqui para atendê-la". Ela agradeceu e desligou.

MORFEU E OS FANTASMAS EM SÉPIA

Eram quase dez da noite e Carla estava com fome. Ela tinha comido duas torradas com azeite e um chá de frutas vermelhas no café da manhã. É preciso começar o dia com energia, mas controlando as calorias. Tinha parado de tomar café fazia alguns meses, algo que a deixava muito satisfeita. Um vício a menos. E livrar-se de vícios e manias é importante, porque a sua personalidade é de alguém fácil de se viciar. Ela é vítima de uma tendência a ficar viciada em todos os tipos de coisas que, no entanto, não é uma tendência natural (parece contraditório, pois uma tendência deve ser natural), mas induzida.

Carla, como tantas outras, foi ensinada a ser dependente. Educação. Canções de amor. Acho que já dissemos isso, mas certas coisas precisam ser repetidas para serem compreendidas de uma vez por todas. Para que elas sejam compreendidas de uma vez por todas e para que nós as mudemos. Tudo o que citamos e também os filmes e as revistas e a cor rosa e toda a merda romântica que a levou a se conectar com Javier com a mesma força de uma concha sobre uma pedra; a se conectar porque ela entendeu que a vida era isso e que isso era tudo na vida. Que todo o resto não era tão importante como isso.

Que idiota.

Foi por isso que ela tivera tanta dificuldade em assumir que já não o era. Que já tinha acabado. Que não havia mais chocolate. Que a chocolateira tinha se quebrado.

Estava com muita fome, então preparou uma tortilha francesa que acompanhou uma cerveja e um pedaço de bolo de Santiago (industrial, comprado no supermercado, mas comestível e doce), e depois sentou-se e ligou a TV até muito tarde, realmente muito tarde; sempre ia para a cama entre uma e duas horas, depois de assistir a algumas séries, algum programa de debate político, um filme, uma competição, um documentário; e não porque seus interesses são muitos, mas por causa dos fantasmas que vivem em sua cama, que está vazia do lado esquerdo, e além do mais, quanto mais tarde vai para a cama, mais os fantasmas demoram para estarem ao seu lado, ocupando aquele vazio para falar sobre coisas, coisas ruins, coisas tristes, coisas melancólicas. Coisas que aconteceram. As coisas que não voltarão a acontecer. Mas, claro, em algum momento tem de ir para a cama, não se pode viver para sempre na sala de estar em frente à TV. E se vai. E ela se deita do lado direito da cama. O esquerdo permanece vazio. De fato, está vazio há um mês e um dia, e amanhã será um mês e dois dias.

É assim que o cronograma sépia da solidão avança.

Assim progride a decomposição e o massacre sofridos pelo seu coração ferido de morte.

Sabe, não é tolice, é absurdo deixar esse lado vazio. Se alguém lhe perguntasse por que, ela responderia, enganando-se (se alguém lhe perguntasse, se tivesse contato com algum dos que foram seus amigos e amigas durante esses anos ou não foram seus amigos e amigas durante esses anos; só resta Fátima, nós já a citamos, que trabalha com Javier e com Verônica e que ainda conversa com Carla. Elas já não falam tanto como quando Fátima e seu marido, Javier e ela, dois casais de fim de semana juntos compartilhando bolos de aniversário de vida adulta com velas de feliz aniversário, idas ao cinema às vezes, mesmo já não sendo adolescentes, mas é bonito assistir a filmes com dedos entrelaçados, vermute no domingo, toda essa vida com melaço que a fascinava. Só resta Fátima daqueles dias de rosas sem rosas. Só Fátima permanece ao telefone, os outros desapareceram porque não eram realmente amigos, também não estavam lá, tal como Javier também não estava realmente na sua vida; estavam lá, mas como extras numa cerimônia de entrega de prêmios da TV; estavam por estar, estavam, mas se não estivessem também não faria diferença. Eram pessoas com quem Javier e ela se relacionaram durante aqueles anos de forma superficial e casual; se olhássemos com atenção diríamos que falando com propriedade eram apenas amigos de Javier, porque tinham chegado à sua vida pelo estúdio de arquitetura, onde Fátima e seu marido trabalhavam, embora ela pensasse que fossem, é claro, amigos dos dois.

 Então ela entendeu a vida, os amantes de Teruel, ela tola e ele tolo, todos juntos, nós somos um, e, é claro, a separação chegou e ela está só, sozinha, sozinha, sozinha, sozinha, sozinha, apesar de tanto ter dado; sozinha, sozinha, sozinha, sozinha, apesar de ter dado a vida por ele; sozinha, sozinha, sozinha, sozinha, apesar de ter dado sua alma e corpo, (em pensamento e na cama); dissemos que se alguém lhe perguntasse, se ela não estivesse sozinha como está, se lhe perguntassem por que dorme num espaço restrito, protegido, num canto escondido no lado direito da cama, ela responderia: "Estou habituada a dormir desse lado"; mas a resposta é falsa; essa afirmação, "estou habituada a dormir desse lado, por isso deixo o lado em que Javier dormiu vazio", não é verdadeira, porque a verdade é que não dorme. Bem, quer dizer, em algum momento da madrugada, já o dissemos, e apesar dos fantasmas, Morfeu a segura nos braços, para usar uma metonímia de sonho, mas é um sono em pedaços, fragmentado, desordenado como toda a sua vida, desde que entendeu que ele não estava mais, que estava em casa, mas que não estava lá, que talvez estivesse fazendo amor com seu corpo, mas que aqueles olhos fechados estavam imaginando outra, porque ele não estava lá. Que ele já estava com outra. Com outras.

 Ela, naquelas noites eternas, ouve os fantasmas dizerem que aquele lado da cama estará vazio para sempre. Ela responde que não, que "há alguém, que tem de haver alguém no mundo que perca a cabeça por mim". Ela responde isso em voz alta e então parece que foi ela quem perdeu a cabeça, falando na escuridão da noite, num amanhecer que é sempre mudo, opaco, silencioso como um rebanho de elefantes em um cemitério.

—x—

TQM

Quando terminou de lavar a louça (em qualquer outra noite os pratos teriam ficado na pia esperando a chegada de Maria Jesus à primeira luz do dia), ela se jogou na sala de estar para ver televisão. Não sabe muito bem por que, mas levou consigo o celular da mulher morta, já totalmente carregado. E com o bilhete amarelo colado e aquela mensagem, insignificante, mas brutal: "Ligar para César". Sentou-se em frente à TV desligada e tocou na tela. O rosto de Maria Jesus era um convite. Dizendo, "sim, faça o favor, ligue para César como deixei escrito". Ela ousou e abriu o menu e procurou os contatos e foi rápida sem querer se fixar, sem querer parar os olhos, sem querer prestar atenção nos nomes que estavam lá, muitos, para chegar ao C e encontrar o contato de César. Tocou no ícone do WhatsApp e escreveu (o coração não estava alterado, os nervos não eram diferentes de nenhum outro dia, apesar do evidente ato inconsciente que estava cometendo e do fato de que isso não iria levá-la, claro como água, para qualquer lugar bom). **Eu devia ter te ligado.**

Mandar a mensagem era uma loucura, e ela sabe disso. A mensagem é uma loucura, e ela tem plena consciência disso. Na verdade, não deveria escrever para esse César, mas já que tinha feito, não deveria escrever a ele uma mensagem como esta: **eu tinha concordado em ligar para você, mas, olhe, desculpe, não é Maria Jesus que escreve, sou Carla, a mulher que a contratou (em suma, não contratou, estava sem registro) para cuidar de sua casa, sabe, estou escrevendo porque ela morreu esta tarde e eu guardei seu celular.** Mas não podia escrever algo assim. Se você enviar uma mensagem para alguém e esse alguém ler isso, a primeira coisa que vai pensar é que você está brincando, então não poderia escrevê-lo mesmo que fosse a coisa mais lógica a fazer.

Carla olhou para o celular por pouco mais de meio minuto, o que foi uma perda de tempo, olhar para um celular, até que o rosto feliz de Maria Jesus com o capuz na cabeça e as serpentinas por toda parte desapareceram.

Ela saiu da sala de estar e voltou para a mesa da cozinha, e nela deixou o celular. Um telefone que agora, por causa da falta de consciência de Carla, estava vivo. Entrou no WhatsApp novamente para comprovar que havia duas marcas azuis indicando que a mensagem tinha sido lida. E, para seu horror, a parte superior se encheu de letras ameaçadoras, *César está digitando...* o que deixava claro que ela receberia uma resposta. Que chegou rapidamente, acompanhada por um acorde musical profundo, como um *requiem mortuorio:* **Estou com saudade. Quer me encontrar amanhã no café da manhã e eu te dou aquilo?**

Carla percebe que transpira. Ela pega o celular e digita sem pensar. E ela deveria parar e pensar. Os cérebros impulsivos raciocinam mal e ficam mais confusos.

Sim, onde você quer me encontrar? César responde. **Pode me encontrar na cafeteria O Castro às nove horas?**

Ela escreve que sim. A cafeteria O Castro, na montanha de mesmo nome em Vigo. Ela sabe qual é.

Passou uns minutos olhando para o celular para ver se acontecia mais alguma coisa. Mas nada aconteceu. A conversa acabou.

Ela se deu conta de que não podia desligar o celular de Maria Jesus, que não sabia o PIN e que, portanto, deveria sempre estar carregado, e que passaria a noite conectado à corrente elétrica. Ela se deu conta disso e de como é bom que alguém sinta sua falta, que alguém queira estar com você, que alguém queira te amar.

Ao colocar o primeiro pé no corredor, o celular voltou a gritar. César escreveu: **Estou com saudade.** E um coração vermelho batendo alto apareceu na tela. Seu coração começou a bater ritmicamente, com a mesma cadência, quase tão feliz quanto o que vibrava na tela.

César é um homem sensível e afetuoso. Poucos homens escrevem/dizem algo assim, mesmo que seja por WhatsApp. Pelo menos Javier nunca disse ou escreveu. Para Verônica sim, que ela verificou no celular e foi por isso que o pegou. Não só lhe disse que tinha saudade dela como lhe disse que a amava. E ele enviou um grande coração vermelho de traição batendo.

Carla decidiu que Maria Jesus teria gostado que ela escrevesse o que escreveu: Também estou com saudade.

Imediatamente, César completou: TQM. (te quero muito)

Maria Jesus está digitando... e eu a você.

—x—

OS DEZ MANDAMENTOS DO AMOR VERDADEIRO

Nietzsche nos ensinou que, uma vez diagnosticada a morte de Deus (metáfora dos valores absolutos, nos quais até Darwin e a ciência, e todos aqueles que conseguiram explicar tudo sem a divindade, haviam trabalhado), a cultura caiu no niilismo, ou seja, no vazio existencial. O que dava sentido à existência já não tem utilidade. A *razão* pela qual vivíamos não está mais lá para sustentar a construção conceitual dos mandamentos, deveres, esperanças e comportamentos que são esperados de um ou de outro. Ele usa imagens poderosas para nos explicar. Afirma que agora o mar está sem água, que o horizonte foi apagado, que a Terra já não tem Sol para girar ao seu redor. As consequências do niilismo para Nietzsche só podem ser a superação (tornar-se super-homens) ou a bestialidade (o que veio depois lhe deu razão: nazismo, comunismo, totalitarismo, fundamentalismo).

Vamos nos permitir, neste romance de amor, corrigir Nietzsche, tão lúcido para quase tudo. Porque acreditamos que há uma terceira hipótese que não lhe ocorreu.

Dissemos aqui que há no niilismo, no vazio pós-moderno, na história sem história, nas pessoas, na reação infantil imatura, na busca com desespero, desaparecendo o outro mundo seguro (Deus, a pátria, a liberdade, ninguém mais acredita em nada), outras coisas mais tangíveis e fáceis de materializar como Felicidade ou Realização Pessoal. Esses são alguns dos novos valores prevalecentes que ninguém questiona ou questionará, a menos que haja um cataclismo terrível que nos leve de volta aos tempos das cavernas, ou antes ainda. Esses valores são uma nova forma de transcender a nós mesmos e de ser *tudo*. Novas estratégias, no fundo, para sobreviver e navegar dia a dia ignorando a velhice, a decrepitude, o fato de deixarmos de ser o Macho Alfa, de os nossos seios caírem. Morte.

De todas as novas estratégias que os seres humanos inventam para se apegar à vida e não sucumbir ao niilismo fétido, à terrível consciência de poder nos perguntar com absoluta seriedade por que estamos aqui se nada faz total sentido, o amor é a mais forte, mais comum e recorrente de todas. É por isso que quase todas as músicas que tocam no rádio e desfrutam de certo sucesso são de amor. Ou os filmes. Gostamos de pensar que o amor é o centro de tudo, o motor do mundo (Freud diz sexo, não vamos confundir a freguesia). E alimentamos essa ficção com as ficções de que nos alimentamos desde crianças. E é por isso que um ícone em forma de coração do WhatsApp pode fazer uma mulher solitária sonhar e convencê-la, novamente, de que esse tipo de amor existe e que tem de haver, também, em algum lugar do mundo, um homem que a ame assim. Como ela imagina que um dia poderia ter sido amada.

Às seis da manhã, Carla já estava acordada. Cansada, já que tinha ido para a cama à uma e meia, quando terminou a revista em quadrinhos da noite, e uma vez deitada, ela ainda tinha passado um longo tempo lutando com seus pensamentos, com o que chamamos antes de fantasmas, mas que é mais preciso chamar de pensamentos, ou talvez neuroses, as frases que se repetem, palavras que não vão embora, revisão de cenas, muitas, da vida com Javier. Tudo isso lhe ocupou boa parte da noite, embora dessa vez houvesse algo diferente do de sempre, porque não conseguia deixar de pensar em César, César e Maria Jesus, Maria Jesus e César, naquele casal que sentia falta um do outro, que se amava, que amanhã ia se encontrar. O que acontece é que amanhã César vai ter o desgosto da sua vida ou um dos maiores da vida; se for jovem, pode ainda ter algum pior, e os olhos dela se enchem de lágrimas só de pensar nisso, e imagina, visualiza a cena, ela entrando lá, ele recebendo a notícia, talvez ele a abrace enquanto começa a chorar, ela se emociona imaginando a cena, esfrega os olhos com as mangas. A única coisa que faltou foi esse sonho, o penúltimo antes de cair completamente no verdadeiro sonho, o real, não aqueles que a sua mente fabrica, com alguma música para torná-lo perfeito.

Dissemos que essa foi a penúltima obsessão da noite porque a última foi um pensamento poderoso: Maria Jesus e César tinham uma bela história de amor. Eles sim. Maria Jesus sim. Essa Maria Jesus que, se tivesse de descrevê-la a alguma de suas antigas amigas, com quem se encontrava quando era uma mulher casada feliz, diria que ela é uma mulher que parece ter sido tirada do mato ontem, certa de que está viciada nos *realities* da televisão, certa de que vai comprar um perfume daquela imitação barata, com certeza vai aos *outlets* para comprar suas roupas, ou nos chineses, porque dá para ver do jeito que é, afetada e, sobretudo, como é grosseira. *Essa, que teve uma bela história de amor, ela teve uma grande história de amor, e você só sonhou com isso. Você só sonhou que teve isso, só queria acreditar que a teve. Mas, Maria Jesus teve.*

De tudo o que está escrito, são deduzidas dez conclusões interessantes, muito verdadeiras, embora dolorosas.

1. Refinamento não tem nada a ver com paixão.

2. Nível de estudo não é garantia de intensidade romântica.

3. Aquele que mais dá, não recebe mais amor.

4. Não é necessário saber o que é o amor para desfrutá-lo plenamente.

5. Pode-se viver o amor de forma maravilhosa, mesmo que não se saiba nada sobre ele.

6. Ainda que você acredite que mereça o amor, talvez nunca o receba.

7. Tudo o que já foi escrito sobre o amor em romances, poemas, filmes e peças de teatro, séries de televisão e canções para dançar é estupidez completa.

8. O que importa é ter na vida muito sexo e de qualidade, se possível frequentemente.

9. Porque copulamos como amamos.

10. Todo o resto é desnecessário e dispensável, e a literatura romântica é a pior.

UMA MULHER
DE VESTIDO AMARELO

Às seis horas ela decidiu levantar-se e entrar no chuveiro. Ligou a cafeteira e tirou quatro bolinhos de chocolate que molharia no café, e talvez alguns deles dividisse ao meio, para que pudesse espalhar geleia. Ela precisava de calorias. O açúcar vai para o cérebro e este deve estar em forma para receber tudo aquilo que vai enfrentar.

Ela lavou a louça e ligou o celular. Recebeu uma mensagem de Javier, **preciso falar com você**. Ela decidiu que não responderia. Hoje não. Nos últimos dias recebeu várias mensagens dele e não respondeu a nenhuma delas. Não conseguia explicar por que, mas compreendeu que era um progresso não responder. Em outra época (algumas semanas atrás) ela teria parado o que estava fazendo para responder rapidamente, **o que você quer, me diga**, ou talvez, diretamente, ela poderia telefonar, com medo de que ele desligasse o aparelho, algo poderia acontecer, e então não conseguiria falar com ele. Não. O celular hoje serve para outra coisa. Embora fosse cedo, sabia que a qualquer momento poderiam ligar da delegacia e ela teria de encontrar-se com Rafael Bazán para começar a interpretação da sinfonia da despedida de Maria Jesus, para formulá-la poética e melodicamente. *Javier que espere. Hoje tenho de conhecer outras pessoas. Hoje não estou disponível para você.*

Estava calor, então escolheu um vestido amarelo solto que terminava um pouco abaixo dos joelhos. Nada mais. E sapatos brancos de saltos baixos. Uma aparência jovem, talvez pouco correspondente à idade que ela realmente tem. Lembrou-se de que as pernas eram bonitas até sem fazer nada. Javier as admirava. Ele batia no seu traseiro quando a encontrava pela casa. Levantava sua saia. Pelo menos no início. Depois, não mais. Ele parou de olhar para as pernas dela, de agarrar-se a elas à noite, cruzando-as com as dele. Mas ela também parou de se vestir e de ficar bonita para ele.

    Carla pensou, depois de subir a segunda alça do vestido, duas coisas: se não estava muito apertado nas laterais, tornando-a ainda mais rechonchuda do que já era (ela sentiu os seios um pouco comprimidos contra o tecido meio brilhante do vestido amarelo), e se não estava vestida com uma cor muito alegre para dar a notícia de uma morte. Essa segunda ideia surgiu em sua cabeça, lembrando-a rapidamente de que Maria Jesus não era *sua* morta, que elas não eram da mesma família e que só por causa da estupidez de ter mantido o celular era que ela tinha de passar por isso. Então ela ia de amarelo, ainda que isso pudesse dar uma impressão estranha a este César que estava esperando que Maria Jesus tomasse o café da manhã com ele para dar algo a ela.

    Tendo superado o caos da subida da Gran Via, em onze minutos ela estava estacionando à porta da cafeteria. Eram nove e cinco. Assim, César já estaria, ou deveria estar, lá dentro – dependendo do grau de pontualidade com que aquele homem se comportava –, provavelmente já sentado e já tomando café da manhã, ou talvez esperando para começar assim que sua amada chegasse. Aquela de quem ele tem saudade. Aquela que ele tanto ama.

    Saiu do carro, pegou a bolsa e entrou. De amarelo e determinada.

— x —

A PARTE DE
TRÁS DOS JOELHOS

A cafeteria, apesar de estar localizada em um maravilhoso mirante sobre a cidade de Vigo, um lugar perfeito para tomar café da manhã, comer, lanchar, fazer um banquete de casamento, tentar seduzir com loucos sussurros um belo corpo sob a treliça que dá sombra e vida, enfim, pois tudo é bom naquele lugar, estava praticamente vazia. Na verdade, havia apenas um homem sentado bem embaixo de onde a televisão estava presa em um pedestal horrível, lendo o jornal e com um café pequeno na frente que ele mexia com uma colher. Sobre a mesa, um pacote dentro de um saco plástico, sem dúvida aquilo que ele tinha para dar a Maria Jesus e que era, em última análise, o verdadeiro motivo pelo qual, pelo menos para ela, haviam de se encontrar.

Ela, de um jeito absurdo, porque estavam a pelo menos vinte metros de distância, e especialmente porque não havia mais ninguém lá, gritou: "César?". Ele respondeu: "Sim?". E ela se aproximou. Já frente a frente, ela repetiu a pergunta, não para ter certeza, mas porque não sabia como começar a contar-lhe o que tinha planejado dizer, para ganhar tempo e pensar; ela repetiu, sem gritar: "Você é o César?". Ele sorriu e a mulher de vestido amarelo podia ver, diante dela, um homem com um sorriso aberto e largo, um daqueles que nunca cansaríamos de olhar, cerca de quarenta..., quase cinquenta..., ou cinquenta e muito poucos, ou pouco depois de meio século, absolutamente bonito, dono de uma calma beleza masculina de lírio d'água num lago de cisne. Não o poderíamos descrever melhor do que isso. Mas vamos experimentar outro: um homem tão jovem como uma infusão fria e com gelo de pimenta chili em um dia de julho em um terraço nas Rias Baixas, no exato momento em que o sol se deita com as ilhas Cíes, ignorando as nuvens e o futuro.

Ele levantou-se. "Desculpe, eu não esperava, você tem que me desculpar, eu não sei quem você é, sou muito desajeitado". A senhora de vestido amarelo, sem dúvida demasiado apertado – na verdade sente os seios pressionados contra o tecido, antes não sentia tanto; é como se tivessem crescido um pouco –, ela sentiu que a acariciava uma voz envolvente, não uma daquelas vozes profundas de barítono de rádio ou dublagem que sempre a assustaram; era até um pouco aguda para o corpo grande que se supunha, mas, como dissemos, envolvia. Ela também notou a mistura do aroma de sua colônia com o de café e percebeu as coxas tremerem e se sentiu estúpida e desconcertada. Não pensemos que estamos falando de uma reação física produzida pelo torpor que sempre acompanha a atração que os belos corpos provocam em nós, quer queiramos ou não prestar atenção a eles, com disposição para oferecer beleza, como sempre deve ser. Não. Ainda não. Provavelmente tudo o que acontece é por causa do medo. Vamos pensar, por enquanto, assim. "Você não me conhece. Venho da parte de Maria Jesus". "Ah", ele disse. E ele deixou assim. Depois de "ah", não disse mais nada. E, como não havia mais nada, ela entendeu que era a sua vez de falar, mas novamente não ousou. Falar implicava começar a dizer que Maria Jesus havia morrido fazia algumas horas, que eles estavam fazendo *aquilo* com ela, isto é, vamos falar direito, não estavam fazendo *aquilo* com ela, estavam fazendo uma autópsia nela, e que Carla tinha guardado o celular, embora sobre este último assunto ela não tivesse de dizer que tinha ficado com ele depois de tirá-lo da sua mão. Bastava dizer que ele estava no chão e que só o tinha recolhido e que nem a polícia o tinha pedido nem ela tinha descoberto que o tinha até que se sentou sobre ele. E então viu o bilhete que havia deixado antes de morrer –, claro que antes de morrer, quando ia ser? "Ligar para César". No fundo, poderia acrescentar (não, melhor não), no fundo é como se ela tivesse deixado o bilhete para mim, *ligue para César e fale de mim, que estou morta*. E como Carla não falava, exilada de todas as palavras, ele falou: "Sim, eu a encontrei aqui para o café da manhã várias vezes, nós gostamos de tomar café da manhã algumas vezes, quando ela pode, porque normalmente vai muito cedo trabalhar em algumas casas; mas o que aconteceu, ela não pôde vir, aconteceu alguma coisa?".

    Os gurus dos livros de autoajuda dizem (Carla tem algumas dezenas dessas publicações lidas e relidas ao longo da vida; lidas com desespero em busca de um Graal da alma que provavelmente não existe) que a intuição é um poderoso caminho de conhecimento, ou seja, de uma forma mais simples, é preciso confiar nas primeiras impressões, e ela acaba de ter uma primeira impressão tremendamente definitiva: *isso vai ser muito mais difícil do que eu pensava.* "Posso me sentar?" Ele, com a mão, apontou para a cadeira, como se dissesse *por favor*. Ao fazê-lo, sentiu que tinha a parte de trás dos joelhos – que certamente tem um nome, mas achamos que ninguém sabe disso, e também não nos lembramos agora – molhada de suor. O garçom se aproximou dela: "Um café com leite". "Grande ou normal?" "Como?" "Como quer o café, grande ou normal?" "Normal". "Torradas? Qualquer pão? Há bolo da casa". Ela negou com a cabeça e o garçom foi buscar o café.

—x—

PIEDADE E CURRÍCULOS

Como tudo é difícil. Como é difícil viver. Porque não nos ensinaram a viver, ou seja, a sentir. Porque aprendemos logaritmos (que diabo era aquilo) e complementos circunstanciais de modo. As crianças aprendem a falar, não têm nem ideia de gramática e isso nem faz falta. Praticamente nada do que nos ensinam na escola serve para algo. Quem nos ensina a navegar entre o barulho e a confusão das emoções, especialmente quando elas são tão fortes e inesperadas? Quem nos ensina a sobreviver em tal loucura emocional? Quem nos ensina a caminhar entre os disparates do dia a dia e lidar com os ritmos do coração, da existência, da convivência com as pessoas, especialmente com aquelas que amamos, ou simplesmente com aquelas que só queremos atingir ou que nos levarão a uma feliz troca pela vida? De que serve o Índice Nikei, ou como escrevê-lo, se eu não sei como reagir adequadamente para que meu coração não fique angustiado? O que me importa o que me dizem as páginas sépia do jornal se, no final das contas, o que me dará, ou não, a felicidade é, como nos ensinou o velho bastardo Sócrates, conhecer a mim mesmo, aceitar a paisagem que se pinta dentro da minha alma e com a qual sempre terei de viver?

Estendi a mão. "Sou Carla, a dona do apartamento onde trabalha Maria Jesus. Olha, isso não é fácil de dizer, então vou falar de uma vez só, para fazer isso rápido, você vai entender, você vai entender..." O garçom apareceu com o café com leite. "Tem certeza de que não quer nada para mergulhar no seu café?" Nem ela nem ele olharam para o garçom, eles olhavam um para o outro; qualquer um que não os conhecesse saberia o que pensar de dois sentados em uma cafeteria muito cedo pela manhã e olhando um para o outro assim, tão intensamente. Ela olha para ele sem pestanejar porque está morta de medo e, porque não dizer, também presa no profundo lugar daquele olhar escuro e misterioso, no qual, por sua vez, o medo também começa a ser vislumbrado. Mas um medo de outra espécie, outro tipo de medo. O dela é porque o que tem a dizer é difícil de ser dito; o dele é porque começa a imaginar que o que vai ouvir será terrível. Ela abre o pequeno envelope de papel onde o açúcar está e despeja tudo, larga-o e percebe que seu pulso treme um pouco; lógico, seu pulso, suas pernas, sua cabeça, tudo tem que tremer. "Diga-me, o que aconteceu?", diz ele com um fio de voz. "Aconteceu alguma coisa com Maria Jesus?"

Nesse instante, seu celular tocou. "Um momento, desculpe". Era da delegacia. Ela disse que sim, que estava encarregada. Eles foram contatados pela seguradora, e a levaram para a funerária, para a privada, a de cima, no caminho do campus, às onze horas. "Perfeito, antes das onze horas eu estarei lá; estou me encontrando com uma pessoa, mas assim que eu terminar com isso vou para lá". César olhava para ela sem respirar. Ela consegue ver um homem grande, vestido com um suéter cinza e grosso, com desenhos vermelhos e morto de medo. Um homem barbudo, com barba grisalha e morto de medo. Careca e morto de medo. Muito bonito, mas morto de medo. Um homem grande, bem-vestido, com barba grisalha e absolutamente derrotado pelo peso de um presságio nefasto que cairá sobre seus ombros, que furará seu cérebro fazendo uma fenda que nunca será cauterizada. "O que está errado, diga-me, o que aconteceu, algum problema com Maria Jesus, ela está mal?", pergunta enquanto compreende que a pergunta não faz sentido; acaba de ouvi-la falar ao celular e, entre outras palavras, escutou algo terrível: funerária.

A tragédia é muitas vezes definida nos livros de literatura como um gênero literário em que a trama apresenta uma situação terrível e, sobretudo, inevitável. Nas tragédias, os personagens agem condicionados ou esmagados pelo peso dessas circunstâncias fatais (de *fatum*: "destino trágico", em grego), e, portanto, para um abismo, sabendo que se dirigem para um abismo.

Aquela situação era absoluta e canonicamente trágica.

Ele olhou para baixo, para a sua ainda intocada xícara de café com leite, enquanto ouvia a notícia. Toda. Completa. Carla foi liberando as palavras uma a uma, lentamente, como se estivesse falando com uma amiga de longa data que tinha de ser cuidada e não machucada em um instante como aquele. E ela lhe deu todos os detalhes – de repente sentiu a necessidade de lhe dar todos os detalhes –, então um a um explicou os acontecimentos do dia anterior, como a encontrou, que já estava morta quando entrou em casa, que havia um *post-it* que dizia "Ligar para César". E foi por isso que ela abriu a agenda de contatos. "E graças a Deus que o celular não tinha uma senha, porque de outra forma eu nunca poderia te avisar, e eu teria ficado morta de pena se não pudesse te avisar, sem saber quando você descobriria. Como eu lamento, como tudo isso deve ser terrível para você"... E ela continuou contando que eles tinham feito a autópsia e que eles lhe diriam o que tinha acontecido, mas apenas aos parentes. "Ou seja, eu entendo que eles vão contar a você, eu não tenho de saber". Ele, ao ouvir a última coisa, sobre a autópsia, se endireitou um pouco, muito pouco na realidade, o suficiente para que ela percebesse que os olhos castanhos, quando se encheram de lágrimas, adquiriram uma cor semelhante à do âmbar, aquele em que os mosquitos jurássicos ficavam; e assim como ela sentiu que estava presa dentro daqueles olhos naquele preciso momento. Mas nós insistimos: não nos enganemos nem enganemos a ninguém, pois o que Carla sente não tem nada a ver com atração física, sexual, corporal ou com esse tipo de atração, como já dissemos. Ela permaneceu prisioneira daqueles olhos de desamparo, de dor infinita, de incompreensão e compaixão, a maior e mais verdadeira dor que já havia visto em sua vida. Toda essa desgraça vivia dentro desses olhos. E ela sentiu um desejo animal e espontâneo de cuidar dele.

—x—

SUPERAR A VIDA

Ela o ouviu soluçar, torcer as mãos em um terrível rito de dor, pegar o guardanapo que havia sido trazido até ele com o café da manhã e colocá-lo na frente da boca e afogar o choro que estava começando a encher toda a cafeteria acima da notícia da transmissão da TV que falava sobre ataques com muitos mortos em Paris, um evento terrível que, sem dúvida, era muito menor do que aquela catástrofe que estava sendo vivida ali. O de Paris era irreal, distante, extremamente externo; o daquele homem era sofrimento concreto, lágrimas de verdade, uma pena mortal, gigantesca. "Mas como aconteceu, não se sabe, quero dizer, eu ainda não sei, talvez te digam quando te informarem da autópsia, imagino que tenha sido um ataque do coração, algo fulminante e cardíaco, não sei, não sou médica, mas tinha toda a aparência, inclusive uma agente muito simpática que falou comigo várias vezes durante a tarde sugeriu que tinha aparência de infarto ou algo assim". "Mas quando você disse que foi?" "Ontem, ontem, ontem por volta do meio-dia, quando cheguei em casa encontrei o cadáver junto à porta, tive de empurrar com força para conseguir entrar, a pobrezinha estava morta ali, colada à porta, talvez quisesse fugir, quero dizer, talvez ela quisesse sair e encontrar um vizinho, pedir ajuda, não sei, estou muito nervosa desde ontem e não raciocino com clareza. Imagine chegar em casa para comer e encontrar a pobrezinha morta". Ele chora e soluça. "Eu não posso acreditar, mas se nós ainda conversamos ontem de manhã, antes que ela fosse para sua casa, e ela estava perfeitamente bem, ela era tão jovem". Carla confirma, é incrível, e sim, que injustiça, ela era tão jovem. "E além disso", ele diz, "nós estávamos começando algo tão bonito..." E Carla sabe que esse algo tão bonito era uma história de amor maravilhosa estrelando Maria Jesus e o homem incrivelmente bonito com um olhar profissional de algo intelectual e fascinante.

Embora fossem apenas dez horas, ou nem dez horas, porque ainda faltavam alguns minutos para as dez horas e eles tinham dito da delegacia que antes das onze não teriam nada, ela decidiu ir embora. Carla achou que ele ia querer chorar sozinho. Não sabia o que fazer, onde colocar as mãos, se deveria abraçá-lo, se deveria olhar para ele ou para o café; talvez não fosse má ideia pedir o bolo da casa e pelo menos passar algum tempo molhando-o no café, mantendo a boca ocupada para não ter de falar. Ela disse que ia à funerária e explicou-lhe para onde iam levar o corpo de Maria Jesus, e que iria para lá, para estar atenta e pronta para ajudar no que fosse necessário, que se veriam ali, logo que Maria Jesus estivesse acomodada.

Entrou no carro e foi para a Plaza de España. Chegaria em um suspiro depois de ter entrado na Avenida Madri. De lá até a subida ao campus são cinco minutos.

Chegou às instalações da funerária marrom-estéril. No estacionamento viu cartazes diferentes. Um deles estava escrito (na verdade havia dois, um para cada vaga de estacionamento) "Reservado aos familiares da Senhora Maria Jesus Rodríguez Ortiz". Assim dizia, e ela percebeu que estava autorizada a estacionar lá. Assim como César. Se havia alguém parecido com um viúvo, era César, ela pensou, e, se havia algo parecido, digamos, com uma irmã, era ela. Carla estacionou enquanto percebia quão estranho foi César não perguntar como havia sido para ela lidar com tudo relacionado ao funeral, se não havia família, amigos, filhos, alguém, como todas as pessoas normais têm. Ela se fez a pergunta e respondeu dizendo que, se fossem um casal ou amigos próximos, ou *ficantes*, ou o que quer que fossem, ele provavelmente já sabia que não havia ninguém para notificar em caso de morte, que não havia irmãos, mãe ou sobrinhos, irmãs, que não havia ninguém ou que, se havia alguém, era claro que ela não queria que tivesse nada a ver com as causas de sua morte, como foi o que aconteceu. E é por isso que ela estava lá e o outro não tinha perguntado sobre isso, precisamente por causa disso. Carla desligou o carro e parou com as perguntas, invadida por um estranho e incompreensível sentimento de calor que a ocupava por completo.

Ela saiu do carro e foi para a entrada principal. Abriu a porta de vidro e pisou num tapete da mesma cor do resto do edifício. Atrás do balcão, uma mulher de idade indefinida, de vinte e poucos até quarenta e poucos anos, vestida com um uniforme de cor idêntica ao lugar, esperava por ela com um interesse falso e cauteloso, provavelmente a atenção óbvia de que necessitamos em tal momento. Tudo, cores, tapetes, pessoas, estava perfeitamente harmonizado para coincidir com a circunstância num magma cromático uniforme que transmitia calma, como se deixasse menos terrível o que acontecia com as pessoas que ali estavam. Na cúpula, o logotipo da empresa. "Olá, diga-me, como posso ajudá-la?" "Eu sou da família de Maria Jesus Rodríguez Ortiz", disse família, sim, estendendo a mão. "Eu sou Cândida". Com efeito, o crachá que estava no seio esquerdo dela, um pouco caído, então vinte e muitos, talvez trinta anos, dizia que se chamava Cândida. Sem dúvida um bom nome para alguém que trabalha na gestão da morte, você precisa de candura, – ou de um coração muito duro – para trabalhar em um lugar como este. "Ali está o homem dos seguros à sua espera naquele escritório". As duas olharam para a direita (Cândida) e para a esquerda (ela estava bem na frente), e, como se tivesse sentido seus olhares, Rafael Bazán levantou a cabeça para encontrá-las, deixou a caneta nos papéis que estava preenchendo e saiu. "Dona Carla". "Sou eu", e ela apertou a mão do homem que era exatamente como imaginava: cinzento. Rafael Bazán era um pouco mais baixo que ela (um metro e cinquenta e cinco, cerca de setenta quilos), vestido com um terno cinza e uma gravata preta. Ela estendeu a mão. "Eu sinto muito". "Obrigada". "Se a senhora concordar, vamos ao escritório e pegamos todos os papéis. Falei com a delegacia por volta das onze e meia. Não creio que demore mais, teremos aqui os restos mortais de Maria Jesus, portanto temos tempo mais do que suficiente para tratar de todos os papéis". "Está bem". "Vamos para o escritório", repetiu ele, passando adiante depois de dizer. "Permita-me..". E ela, depois de permitir, lembrou-se novamente de César, pelo menos um metro e oitenta e cinco, e não se podia dizer que estava acima do peso; como se pode compreender que tal homem tivesse se apaixonado por uma cabra selvagem como Maria Jesus? "Por favor, sente-se". Sentaram-se um ao lado do outro, separados por papéis que Rafael Bazán apressou-se a arrumar. "Sabe, a apólice da falecida tinha um caixão, depois vamos vê-los, um anúncio no obituário do *Faro* e do *La Voz*, uma coroa e o livro de assinaturas que vamos lhe dar quando tudo acabar. Diga-me, o que é que colocamos no obituário?" Ele perguntou isso e ficou olhando para ela com o rosto de um escriba, com a caneta (com o logotipo do seguro) preparada para escrever. Carla compreendeu que não podia responder a essa pergunta, não sabia nada sobre ela, por isso não fazia ideia do que Maria Jesus teria gostado de ver no obituário. Na verdade talvez não fosse católica, talvez fosse uma ateia muito ateia, talvez tivesse jurado contra Deus; e também ignorava as coisas básicas que um obituário tem de ter, ou seja, quem faz uma oração pela sua alma ou quem expressa gratidão por acompanhá-la, esse tipo de informação, e outras, as cruciais: os nomes do pai, da mãe, do irmão, da irmã, dos sogros, dos filhos etc., toda aquela informação relevante que ela não tinha... o que vai dizer ao escriba? Seu namorado inesperado e destroçado, casal surpreendente, amante seguro e audacioso, *César* – com sua barba como uma selva selvagem –, *faz uma prece por sua alma*. Ou, talvez, *César*, – que estava apaixonado, enfim, que está apaixonado por ela, e Lola, com quem ia dançar no Duke como uma louca no sábado à noite –, *agradecem as demonstrações de condolências e não haverá velório*. Ela explicou a situação ao homem cinzento, não assim, claro, não com todos esses detalhes, nem falou de César, mas explicou mais ou menos, e disse que sim, que já sabia de algo, que haviam contado que a morta não tinha deixado nenhuma informação registrada sobre familiares, nem sequer sobre pessoas próximas para avisar caso acontecesse algo fatal. "Olhe, já sei o que faremos", disse ele, "faremos como algumas pessoas fazem; colocaremos só o nome dela, a frase 'Descanse em Paz', e que amanhã organizaremos, se é que você quer que organizemos, uma cerimônia de despedida". Ela escutou e pensou que tipo de cerimônia iam fazer eles dois, César e ela, ainda que também fosse possível que depois da publicação, depois do anúncio no obituário nos jornais de amanhã, os vizinhos ou quem a conhecesse (ela limpava várias casas, ou assim ela dizia, vai saber se era verdade, depois da surpresa daquele amor com César, e de ela ter dito que não gostava de homens, que com eles não sentia, então talvez ela também mentiu sobre as casas em que trabalhava, talvez nem houvesse Lola louca na boate), eles se aproximariam dessa despedida. "Olhe... sim, anote aí que haverá uma despedida". "Com um padre?" "Bem, sim, com um padre, eu não sei se ela era católica, mas em todo o caso sim". "Melhor cura para a saúde", disse Rafael Bazán, não se sabe se quer fazer uma piada (melhor cura para a saúde com um padre, hahaha), colocando um "x" em *cerimônia e serviço religioso*. "Como já sabe, ela é proprietária de um túmulo no cemitério de Teis, no lugar mais alto, com vista para o rio". "Mas a vista pouco importa, creio", disse ela. "Sim, a vista pouco importa", confirmou ele. "Se quiser vamos descer para ver os caixões". Da frase, o que lhe provocou maior inquietude foi o verbo. Descer. "Para onde?" "Permita-me", solicitou o homem pela segunda vez, e pela segunda vez ela permitiu. Saiu na frente e se encaminhou à esquerda, para uns elevadores ao fundo. "Por aqui". E por ali foi. "Vamos para a sala dos caixões". Carla e Rafael Bazán entraram no elevador. Só tinha dois botões. Um para subir e outro para descer. O para descer era o que tinha a ver com a morte. O para subir, com a vida. A porta do elevador se abriu e não se via nada. Tudo era escuro e tinha mau agouro. "Permita-me", disse ele pela terceira vez. Ela já não contestou, disposta a permitir-lhe qualquer coisa. "Vou acender a luz para podermos enxergar". E quando a luz se acendeu, uma enorme sala branca apareceu cheia de caixões. "Veja, a apólice permite escolher entre estes quatro caixões aqui". Ele fez um gesto ao dizer isso, como se fosse um comissário de voo explicando onde está o cartaz que indica a saída em caso de incêndio na cabine. Dois pretos e dois marrons. "Não sei, sei lá, não tenho nem ideia da cor que ela gostaria de passar o resto da vida, ou melhor, da morte, quero dizer, a eternidade", falou e se escutou dizendo essas coisas e sentiu um calafrio. Rafael Bazán, profissional discreto, cinzento, paciente, treinado em mil mortes, não abriu a boca; estava claro que a cliente falaria e perguntaria exatamente o que ele já sabia que ia perguntar. "E qual é o que mais se vende?" "Vejamos, sobre isso não há uma tendência clara, talvez os pretos tenham mais estilo, porque são menos comuns, nos últimos meses". "Pois então, um preto". "Sim, mas qual dos dois? Qual você mais gosta?" "Para mim, eu gosto mais deste, o que tem os relevos na parte inferior". Ela disse isso rapidamente, e acrescentou: "E vamos sair daqui, por favor". Ele disse que sim, e ela alegremente permitiu que ele chamasse o elevador e fossem à superfície, onde havia ar e havia vida. "Só nos resta definir a hora do enterro. Amanhã às cinco?"

"Amanhã às cinco".

"Bem, isso é tudo. Imagino que o carro funerário chegará com os restos mortais, de fato, olhe..." Ele olhou por cima da cabeça dela. "Acho que são eles ali", e apontou: "Sim, são aqueles ali. Permita-me". Ela se endireitou, e sentiu que o coração acelerava poderosamente, igual a quando havia descoberto o corpo inerte de sua funcionária ao chegar em casa. "Se me permite, vou falar com eles e confirmar". Ela o viu sair do edifício, falar com o homem que saía do carro do lado do passageiro, dar a volta e retornar. "Com certeza, é ela. Não se preocupe. Vá tomar um café ali, que a preparação do corpo ainda vai demorar um pouco, eles têm de levar o caixão para baixo. A propósito, eu não perguntei se você trouxe roupas para ela ou se nós devemos colocar o manto". Rafael Bazán perguntou isso cometendo um pequeno erro de atenção. Se ela não sabe nada sobre a morta, se está se encarregando de quase tudo, como vai saber alguma coisa sobre as roupas que a falecida gostaria de usar? E, além disso, como vai conseguir, se não tem as chaves de sua casa; talvez César tenha, talvez ele tenha as chaves da casa dela, Carla vai ter de perguntar, mas não há tempo, ela imagina que talvez César saiba da roupa dela, talvez César saiba da roupa íntima dela, Carla pensa, não pode evitar pensar, ela pensa e não deveria pensar, ela acha e conclui que é um pouco louca, que César pode ter lhe dado roupa íntima algum dia, roupa para amar, há roupas que só servem para amar, para deixar mais bonito o que já é bonito, dois corpos fazendo amor. "Manto. Coloque o manto". Decidiu rapidamente e repetiu um par de vezes. "Perfeito. Manto". Ele riscou um "x" nos papéis. "Não há mais nada a anotar. Assim que a colocarem no caixão, vou buscá-la na cafeteria e vamos com ela". Carla ouvia aquele funcionário do Além, mas na realidade seus olhos estavam um pouco mais atrás, apenas no homem que saía de um carro estacionado no meio de outros, não na área reservada aos parentes, como ele teria o direito pleno de fazer. Era César. É César. Rafael Bazán se virou. "Parente da falecida?" "Sim, era o namorado dela".

ESPANTO. MAS AMOR

Logo que César entrou pela porta, Rafael Bazán esticou a mão para apertar a dele e recebê-lo com um "meus sentimentos" que para ela soava muito mais verdadeiro do que ele havia dito a ela antes.

"Ainda demoram cerca de meia hora para prepará-la", disse ela. "Ligaram da delegacia? Já se sabe o que aconteceu?", replicou César, talvez num tom de voz exagerado. A energia com que fez a pergunta era lógica e demonstrava bastante o grau de perturbação em que se encontrava esse homem. Ainda não havia sido capaz de digerir a notícia, claro. Mas ele precisa de explicações agora. É perfeitamente humano. Por mais que saibamos que o destino final de todos é a morte (como dizem os filósofos pessimistas e quase todos os poetas, nascemos para morrer), a verdade é que, quando uma morte não respeita a lógica do tempo, ou seja, quando alguém morre antes do tempo, as respostas são urgentemente necessárias. É por isso que César pergunta, com o volume de sua voz um pouco alto, se ligaram da delegacia, se alguém disse alguma coisa sobre a autópsia. Ela se dá conta de que parece que ele envelheceu muitos anos em apenas sessenta minutos. Podem-se ver sob os seus olhos olheiras que não estavam lá antes. Sem dúvida causadas pelo choro. Ao sair da cafeteria, ela o havia deixado assim, sério e mexendo um café em que as lágrimas grossas se misturavam como uvas Mencía. Agora, toda a tristeza tinha vindo armazenar-se no fundo dos olhos que mostravam um olhar opaco e sem luz, um olhar de medo e de néon extinto. "Este cavalheiro cuidará de tudo. A papelada está pronta. O caixão escolhido. Vão prepará-la para que possamos vê-la. Quer vê-la?", perguntou Carla. "Claro, claro que quero". Ele disse assim, de forma categórica e segura, e um suspiro lhe escapou, um grito reprimido, uma espécie de vergonha que provém dessa educação absurda que os homens sofreram durante séculos e que diz que os homens não choram mesmo quando lhes faria bem chorar. Ela, sem pensar duas vezes, abriu os braços e ele se deixou abraçar. E ele chorou, explodiu, abriu a chave do coração com o seu corpo meio flexionado, porque é muito mais alto que ela, e Carla sentiu o seu corpo como um homem grande, pesado, masculino, que tremia ligeiramente por causa do choro.

O celular dela vibrou. *O dela*. Era uma mensagem de Javier: por favor, me ligue.

Eles se separaram depois de um apertado minuto, muito forte foi aquele abraço. Ele agradeceu e ela propôs ir à cafeteria enquanto aguardariam que tudo estivesse preparado. "Um chá?", diz ela. "Não, uma cerveja". "Pois que sejam duas", diz Carla, que não bebe álcool. "Perguntei antes se a delegacia tinha ligado". "Sim, parece que falaram com o homem da seguradora para lhe dizer que iam trazê-la para cá". "Sim, mas se sabe alguma coisa sobre a autópsia?" "Não, ainda não sei de nada". "Tudo bem, eles vão nos dizer", diz César. "Estávamos saindo fazia mais de dois meses", diz o homem, oferecendo informações que ninguém havia pedido, "ou seja, estávamos apenas começando". "Bem, ela nunca me disse nada", interrompe Carla. "Nada sobre o quê?" "Nada de você, de qualquer maneira, quero dizer, ela nunca me disse nada ou me deu a entender que tinha um parceiro. Mas é claro, se você me disse que estavam saindo fazia dois meses..". "Bem, claro, ainda era uma coisa muito recente e muito no começo", ele diz, "porque se ela não lhe disse com certeza iria contar, ela me disse que você era uma pessoa muito boa, que você era alguém em quem se podia confiar". Carla apenas fecha os olhos um pouco, sorri levemente e ele entende que ela confirma. "De qualquer forma, estaria prestes a contar, na verdade não era segredo, até a minha ex sabe". "A sua ex?" "Sim, minha ex". "Ou seja, é divorciado, como eu". "Ah", diz ele, "você também?". "Sim, sim, sim, quer dizer, divorciada não, separada". "Faz muito tempo?" "Não, faz um mês". "Ah, um mês". "Sim, um mês". "De qualquer forma, talvez ainda reatem". Ela não disse nada e a conversa parou ali. O silêncio a leva a reparar que ele passou em casa para mudar de roupa. Ele usa um colete cinzento fechado dentro de um casaco, gravata escura e calça preta.

"Com licença, Maria Jesus está pronta".

PROUST ME LEVA PELA MÃO

As palavras mudam a ordem da realidade. Quando você diz: "Eu vos declaro marido e mulher", ou "Eu o condeno a dez anos e um dia de prisão", ou "Vai ficar de castigo sem jantar", as coisas acontecem. Quando se pronuncia algo como: "Com licença, Maria Jesus está pronta", o que estamos dizendo é que agora começa o que é realmente difícil, a morta está pronta, para quê?, para sua exposição pública, para que outros, vendo-a ali (mesmo que seja numa caixa fechada, como será o caso), certifiquem a morte e a deem como verdadeira. Somos, Aristóteles tinha razão, animais sociais. É a sociedade que nos configura como pessoas e é também a sociedade que decide que não somos mais pessoas quando somos colocados diante da ágora completa, assim, nus diante de todos. Cadáveres.

"Obrigada, vamos com você agora", Carla respondeu a Rafael Bazán. "Primeiro vou pagar". "Nada disso", César falou, se levantou e a tocou no ombro forçando-a a sentar-se e ela sentiu que era forte e que tinha dedos como arpões para enfiar em peixes muito grandes no Gran Sol. "Vamos com você agora", ele disse a mesma frase, mas com mais autoridade. E ela obedeceu e foi com ele. "Quer vê-la?" Carla queria dizer que não, *é claro que não*, que ela não tinha o menor interesse em ver Maria Jesus morta. Na verdade ela quase acrescenta que já a tinha visto, em casa, e que não queria voltar a vê-la assim, mesmo sabendo, já lhe tinha dito antes, depois da mesma pergunta, que responderia: "Sim, eu quero vê-la". "Claro", ele disse, e foi uma afirmação tão enfática quanto antes. "Sim, claro, claro, claro", ela acrescentou, mudando de ideia. "Queremos vê-la", ele completou no plural. "Está bem, então venham comigo".

Voltaram para os escritórios principais. A mulher de idade indefinida e cara oleaginosa de tapete logo lhes ofereceu um sorriso que era um sorriso, mas também não o era. Ela lembrou o que estava lá à esquerda descendo no elevador sombrio, no cemitério dos caixões, na exposição dos caixões, na lista das urnas funerárias com acesso limitado às condições da apólice de seguro para futuros ossos cobertos por apólices de morte assinadas prudentemente na vida. Dessa vez foram para a direita e era fácil saber que iam para o outro lado das salas de velório, isto é, onde os caixões são colocados, onde entram as coroas de flores, onde a morte caminha com alegre despreocupação, debaixo da cobertura, para levar os seus. "É o número oito", disse Rafael Bazán. "O número oito, está bem", César aceitou. Eles deixavam para trás portas fechadas, do número um ao número sete. "Está muito frio aqui", disse Rafael Bazán. "Normal", disse César, "e é lógico". Ela foi a última a perceber por quê. Os mortos devem ser mantidos frios. *Como o peru no frigorífico*, pensou ela. O sete ficou para trás, e oito, sim, estava aberto. Ela sentiu-o suspirar. E ela, que estava meio metro atrás dele, aproximou-se e agarrou-lhe a mão. Ela a sentiu áspera, um pouco desidratada, talvez esperasse outra textura. E o sentiu entrelaçar os dedos entre os dela. Sentiu o coração tocar uma sinfonia barulhenta, tão alto que seria capaz de despertar todos os mortos.

Sentiu.

Eles entraram. Ao lado do caixão, como guardas inesperados, dois homens magros vestidos com um uniforme da mesma cor que o resto do prédio da empresa, embora com uma tonalidade levemente lavada, como menos poderosa, aguardavam sérios. Maria Jesus parecia muito branca em uma espécie de pequena janela que lhe permitia ver pouco mais do que seu rosto. Carla sentiu que ele estava segurando sua mão com mais força quando começou a chorar agudamente, algo surpreendente todas as vezes que saía de um homem tão grande.

E assim, de mãos dadas, como dois amigos, como dois irmãos, como dois amantes, como dois namorados, como dois que acabaram de se encontrar de forma absurda apenas duas horas antes, mas que já compartilham absolutamente tudo, ele chorou e ela ouviu. "Meu amor, meu amor, o quanto eu vou sentir sua falta, vida, vida, não pode me deixar, amor, amor, vida, vida, Maria, Maria, vida". E cada palavra era uma mão que se apertava ainda mais e outra que sentia a dor-prazer de uma força, a da vida e da morte, que se expressava através das cartilagens misturadas quase nada separadas por ossos, pele, pelos e um início de suor em sua mão.

Quando era pequena, talvez porque sempre fosse um tanto estranha, já pensava nesse tipo de coisa: esse momento é *irrepetível*. *É como se eu sempre tivesse tido uma consciência exagerada das coisas.* Talvez seja por isso que se lembra com total clareza da textura exata da pele das mãos de seu pai quando a levava pela rua no caminho de casa depois da escola, abraçados os dois sob o mesmo guarda-chuva protetor que era o lar para ele e para ela. Carla, aparentemente, andava como a criança que era, com aquele careca com barba que era o pai dela. Mas, além disso, ela sentia com toda a consciência do mundo a mão do seu pai segurando a sua, ela estava plenamente consciente da ligeira separação entre ambas as mãos ou, se quisermos dizer de outra forma, do contato próximo entre as duas peles. Isso fez com que ela, ao longo do tempo, acreditasse estar segura, como uma vez já tentou dizer a Fátima, a amiga que trabalha com Javier no estúdio, vendo isso como uma virtude, sabe? Ela explicou: "Não se pode viver sem que se dê conta de que está vivendo". "Não entendo", tinha dito Fátima. "Sim, mulher, temos de ser conscientes da sorte que temos de estarmos vivas agora; pense nisso, se o esperma que entrou no óvulo de sua mãe não tivesse sido você, você seria outra", "ou outro", disse Fátima, que talvez estivesse começando a compreender. "Ou outro, sim. O que quero dizer é que o nosso tempo é limitado, e nós estamos aqui e agora e foi muito difícil ser; podíamos ter sido outros, ou não ter sido; por isso temos de viver de forma consciente e tão intensa quanto possível. Cada instante é supremo", ela sentenciou, filosófica, encantada de ouvir-se. "Cada momento, *irrepetível*", disse ela, concluindo. Talvez seja por isso que Fátima encerrou a conversa lançando a frase mais sábia de toda a dissertação: "É por isso que devemos foder com todos os homens com quem podemos fazê-lo, a fim de acumular o máximo de prazer possível, não acha?"

Carla está vivendo agora um instante desses.

Está consciente de que César pesa muito. Está quase desmaiado sobre ela. Toneladas de dor sobre seu corpo de mulher atônita que quer ajudar naquele instante brutal e definitivo no relato das vidas desses dois que estão agora juntos nisso. Se lhe tivessem dito isso há mais de vinte e quatro horas, não teria acreditado. Nem ele. Maria Jesus, menos ainda. Mas a ela já não podemos mais perguntar.

"Muito bem, muito bem, vamos lá, César, escute, é melhor irmos", estava falando com ele ao mesmo tempo que, com a mão esquerda, acariciava, para cima e para baixo, seu braço, seu braço esquerdo, o braço que tinha a mão que segurava com tanta força a outra mão. E ele deu uma última olhada em Maria Jesus, a absolutamente última, e mandou um beijo em um dedo que voou acompanhado pela frase mais triste do mundo: "Adeus, amor".

Os homens de uniforme um pouco descolorido pegaram a tampa do caixão e a colocaram sobre o topo. Na porta, uma jovem mulher, diferente da anterior, mas vestida da mesma maneira que os outros dois, cumprimentou-os apertando-lhes as mãos enquanto apresentava seus sentimentos. Seu rosto era de verdadeira tristeza, talvez contaminada pela dor de César. Eles soltaram as mãos para cumprimentar Silvia – foi assim que ela se apresentou: "Eu sou Silvia, e estarei aqui para tratar de tudo o que precisarem, e se me acompanharem, vamos à sala número oito e eu explico". "Claro, claro", disse César. Ela se perguntou se seria pertinente segurar a mão dele novamente no novo trajeto que estavam começando agora, mas não o fez. Silvia os tirou daquele corredor e eles estavam voltando pelo caminho que haviam percorrido antes e quando se aproximaram da porta, isto é, do território da vida, o frio foi diminuindo. Todas as portas, algumas com cadáveres, outras à espera, ainda estavam fechadas. E viram que a número oito também se fechava. Ela acariciou as costas dele como um sinal de amizade íntima. Ele sorriu para ela enquanto limpava o nariz com um pedaço de papel. Ela, corajosa, também sorriu e pegou-lhe no braço. Ele encostou a cabeça contra a dela, de cima para baixo.

Cruzaram o suave carpete industrial pastel, superfície estéril e esponjosa. Silvia cumprimentou sua companheira com um olá quase inaudível, exceto para elas que, sem dúvida, estavam acostumadas a falar muito suavemente naquele templo pós-moderno da morte. Carla olhou para trás para perceber que Rafael Bazán estava saindo pela porta do outro lado, vestindo um casaco, uma pasta na mão, com os documentos daquela mulher morta, deixando claro que tudo já estava feito como deveria. O dever cumprido.

E sabe que nunca mais voltarão a se ver.

—x—

OS QUATRO MANDAMENTOS (CATECISMO)

A sala número oito era como ela recordava que eram aquelas salas quando esteve ali, metade recheada com os comprimidos que Javier lhe tinha mandado tomar, quando a mãe e o pai morreram. Há uma espécie de entrada com um sofá e, em seguida, à direita se abre uma grande sala. E no fundo, atrás de uma espécie de parede que imita madeira, mas não consegue – algum material nobre –, outro sofá, também preto, para sentar-se em frente ao caixão fechado, onde repousaria, por enquanto, refrigerada e já decorada com uma pequena coroa de flores, cortesia da seguradora e que a apólice contemplava, a falecida.

"Há café e refrigerantes lá atrás. Também biscoitos. Se acabarem ou quiserem outra coisa, seja o que for, vá aos escritórios e perguntem por mim. Estarei aqui até as onze da noite. Esta é a chave". "A chave do quê?", perguntou Carla. "A chave da sala oito", respondeu César, pegando-a e colocando-a no bolso. "Podem fazer o que quiserem, ficar aqui a noite toda ou fechar. Em todo caso, se vocês decidirem passar a noite aqui, eu lhes direi qual dos meus companheiros vai cuidar de vocês. Eu sinto muito", ela repetiu, segurando a mão firmemente. Sua expressão, é claro, nessa segunda vez soava mais falsa ou, digamos, convencional, talvez porque César já parecia mais sereno.

César deu um passo à frente e encostou-se no vidro. "Olha, já há uma coroa". "Deve ser a do seguro", disse ela. Carla também estava ao lado daquele vidro. "Há uma cruz no caixão", disse ele. "Sim, escolhi o caixão. Seja como for, não sabia de qual deles ela teria gostado". "Ela não era católica, mas como você poderia saber isso? Não tem importância, você já fez o suficiente, coitadinha". Ele disse tudo isso do alto, da sua altura desamparada e, portanto, cheia de empatia. Ela colocou a cabeça no ombro dele, como antes, quando eles tinham fechado o caixão, e assim ficaram alguns segundos.

Às quatro e trinta...

"Quer tomar um café?", perguntou ele enquanto caminhava para uma mesinha que a funerária tinha colocado para eles. Havia refrigerante, suco de fruta, água com gás e sem gás. "Melhor um chá". "Muito bem. Um chá". Ela o viu caminhar, olhar com atenção para as garrafas e dizer: "Uma deve ser o leite, a outra deve ser o café". Ela foi falar com ele disposta a ajudar. "Esta tem de ser a do leite". "E como é que você sabe?" "Porque é maior, normalmente essa é a de leite, além disso é branca e a outra preta: leite, branca, café, preta, é fácil". Ele virou a tampa da outra ligeiramente e, realmente, era café. "E aqui deve ter água quente". Era outra garrafa térmica maior, de aparência metálica e com tampa preta. "Sim, é a com água quente, você tem que apertar ali". Ele pegou uma xícara, e de uma caixa pegou um saquinho de chá. "O que você quer?" "O que você quer dizer com o que eu quero?" "Sim, qual chá você quer, aqui há chá vermelho, chá verde, chá preto, chá de *beauty*". "Como assim *beauty*?", ela disse muito seriamente. Ele, muito sorridente, disse: "Sim, chá de *beauty*, de beleza, que vou servir para você".

Com o café com leite e o chá de *beauty* nas mãos, se sentaram a uma mesa grande em que estavam colocados **Faro de Vigo e La Voz de Galícia**. César empurrou os jornais para um canto e se sentou. "O que acha que devemos fazer?", ele perguntou enquanto ela também se sentava. Ela pensou por alguns segundos no que poderia responder. Mas parecia óbvio. "Claro que não fazemos nada aqui. O normal nestas situações é ficar e esperar que as pessoas cheguem. O que dizem é para receber as pessoas", ele disse. "Isso, receber", confirmou ela. "Mas nós não vamos receber ninguém aqui porque ninguém sabe de nada. Maria Jesus não tinha família. Era filha de mãe solteira que morreu quando ela ainda era criança. Trabalhou a vida toda. Não deve haver casa em Vigo que ela não tenha limpado. Aprendeu pouca coisa e apenas foi à escola durante alguns anos". Ele começa a contar a biografia Dickensiana da funcionária e ela não consegue deixar de se perguntar, depois de cada frase que ele pronuncia, *então o que ela estava fazendo com você; então como é possível que você tenha colocado seus olhos nela; então o que um homem como você estava fazendo com ela?* "Ela não tinha filhos e seu objetivo na vida era conseguir dinheiro para o dia de amanhã, para ter como viver quando fosse uma mulher idosa". "Eu sei, eu sei, ela me disse. Eu sei que se matava de trabalhar". "Sim, ela não fez mais nada nestes cinquenta e três anos da sua vida". Carla já sabe algo que não sabia antes, que tinha cinquenta e três anos. César sopra o café. Ela faz o mesmo com o chá de beleza que ele, galante, decidiu por ela que beberia.

Ele se recosta. Ela faz o mesmo.

Ele olha para os olhos dela.

Seu olhar emite uma tranquilidade absoluta, calma e serena, como as águas de Veneza em um dia de maré baixa e sem turistas. Ela capta seus olhos quentes, profundos e aquáticos. Profundos de lágrimas. Lágrimas aquáticas.

"Há dois anos me livrei de um casamento tóxico, para não dizer coisa pior. Agora tenho cinquenta e três, como Maria Jesus", engole saliva, fica emocionado quando pronuncia seu nome, fica em silêncio por alguns segundos e continua. "E eu fiquei mais de vinte e cinco anos casado, você vê, uma vida inteira; eu tenho três filhos que são os melhores do mundo e a única coisa que me importa na vida. Um terminou Direito, a segunda começou no ano passado Medicina e a pequena está no último ano da escola; eles vivem em Teis, com a mãe, lá, você sabe, onde Vigo termina para Chapela; e também fiquei para viver lá". "Desculpe, onde você disse que mora?", interrompe ela. "Em Teis, eu moro em Teis". "Uau, que coincidência", ela diz. "Como eu". "Oh, sim". Os dois riem. "Que mundo pequeno, não, como Vigo é pequena, e onde você mora em Teis?", ela pergunta novamente. "No cruzamento da Purificación Saavedra, eu não sei se você conhece, perto do mercado". Ela se levanta, dá dois tapinhas no ar e sua expressão é a que Arquimedes deve ter tido no dia em que descobriu o princípio que leva seu nome. "Sério?", ela pergunta quase num grito que vai do alto ao baixo à medida que vai formulando, talvez porque tome consciência do lugar onde está. "Sério?", repete novamente a pergunta mais baixo, quase num sussurro. "Isso é incrível". "Por que você diz isso?", ele diz sorrindo, muito divertido, embora não saiba por quê. "Porque eu moro do outro lado da rua, eu moro na Purificación Saavedra, mas em frente a você!" A coincidência é enorme. De fato, continuam investigando seus números e entendem que compartilham um jardim de luzes. "Incrível, sim". Repetem. "O mundo é extremamente pequeno. Vigo é mais. Que diabos", disse ele. "Me falou de você mil vezes, mas nunca me disse que vivia tão perto de mim. Mas ela também nunca visitou a minha casa. Na verdade, acho que nunca lhe disse onde moro".

"Eu me dedico à fotografia e tenho um estúdio em casa". (Ela franziu o cenho, tentou fazer um esforço, porém não se lembrava de haver um estúdio de fotografia lá, mas não percebeu que não tem nada de especial, porque ela não frequenta aquela parte do bairro.) "Que é então onde eu trabalho e onde moro; eu não queria instalar meu estúdio no centro para poder estar perto deles; comercialmente é muito menos interessante, mas para mim estar perto dos meus filhos é fundamental". Carla levanta um pouco o corpo e quase joga fora o chá de beleza que ainda não tinha acabado, porque se esqueceu de se perguntar se queria açúcar, porque, na verdade, não há ninguém que o beba assim. É muita beleza, mas é amargo, provavelmente porque a beleza é amarga. "Fotógrafo? Você é jornalista?" "Não, não, não", ele disse, deixando a xícara de café já vazia na mesa de vidro na frente dele. "Eu sou, digamos, um artista, faço exposições, enfim, eu as faço quando me deixam e onde me deixam, e trabalho, de vez em quando, para publicações que me contratam para projetos específicos, enfim, estou exagerando. Digamos que artista no tempo livre. A verdade é que eu também ganho a vida, ou, acima de tudo, digamos que ganho a vida fazendo tudo, você pode imaginar, fotos de passaporte e registros de casamentos, batizados, primeiras comunhões, enfim, todo esse lamentável tédio, mas tenho de comer, e graças a Deus, porque, se eu tivesse de viver da arte, estaria perdido". Ela põe o chá na boca e queima a língua, mas não deixa qualquer sinal de dor aparecer no rosto. "Você está se perguntando como foi possível para nós sermos um casal, não é? Em resumo, éramos muito diferentes, em princípio não tínhamos muito o que fazer, não acha? Você ainda está um pouco confusa com isso". Ela diz não, claro que não, que não acha estranho, diz e faz isso encolhendo os ombros, tentando parecer natural em sua declaração, que, apesar disso, parece inacreditável. "Eu também saí de uma relação difícil", disse ela. Contou que também saiu de um relacionamento difícil, mas reagiu bem e rapidamente. "Desculpe, você estava falando, desculpe". Ele fez um gesto gentil que não significava nada e continuou falando: "Minha ex era modelo, você sabe", ele disse isso e deu uma espécie de risada, que durou dois segundos, o suficiente para Carla digerir as informações e reprimir um grito impregnado de interjeições ou uma cascata de palavras que seriam, se as colocarmos por escrito aqui, algo do tipo: *Trocou uma modelo pela que está morta lá dentro?* Felizmente ela não verbalizou tal coisa. "Sim, eu sei que pode ser estranho, minha mulher era modelo, na verdade ela ainda poderia ser agora, modelo, quer dizer, porque, apesar da idade e dos três filhos que tivemos ela está ótima, há muitas modelos que trabalham na maturidade, fazendo catálogos de roupas para mulheres e coisas assim. Nós nos conhecemos em Madri, estávamos ambos na mesma agência, eu como fotógrafo, claro, e ela era uma das que trabalhavam mais de lingerie; todas as empresas a disputavam, tem um peito, em suma, tem um peito (faz um gesto com as mãos em tigelas) grande e muito redondo e bem-feito e claro, os sutiãs eram assustadores". Carla é capaz de imaginar sem esforço o que ele está descrevendo, não os seios divinos de Afrodite que ele desenha tão graficamente no ar, mas aquele momento de juventude em que eles se conheceram, um jovem bonito armado com uma câmera cercado por mulheres de tanga na cama, de sutiã..., ou sem ele, os seios perfeitos, mudando de roupa provavelmente ali mesmo na frente dele e de outras pessoas, pois o mundo da moda é assim, livre. Que inveja. "Viajei meio mundo com ela. A melhor coisa sobre o mundo da moda é que você viaja muito. A pior é que não se pode sossegar em lugar nenhum. E um dia ela disse que queria ser mãe e desistir de tudo. E eu disse ok, claro. Foi um belo desafio. Começar de novo. Filhos". Carla escuta, engole a beleza e entende como sua vida é desagradável, lembra-se do que disse ao marido: "Javier, por favor, se queremos (plural impróprio, só ela queria), se queremos ter um filho (ela não deveria ter usado o plural, teria sido melhor se dissesse ela, sozinha, que ela queria, e ver o que acontecia), se queremos ter um filho (ela sempre entendeu o mundo no plural, que eram apenas uma fusão, viver e dançar eternamente até o fim, enrugada e feliz; você e eu com o nosso nome em um cadeado na grade de uma ponte de Paris, a cidade do amor; em todo caso, o nosso amor é para sempre, porque eu e você em mim, e você em mim; que grande erro, Carla contaminada com amor romântico de novela, Carla convencida de que as canções melódicas, bonitas, na verdade falavam de você para você. Quando vai entender que nunca ou quase nunca há um nós? Essas coisas acontecem, não vamos nos cansar de dizer e maldizer –, porque não educamos as emoções, ou melhor, somos educados por elas; a TV faz tudo, e é por isso que isso acontece, mas não na escola, não nas famílias; na escola há, na melhor das hipóteses, – mesmo que eles não ousem, embora o devam fazer por simples questão de honestidade –, Educação Sexual ou talvez Dicas para Evitar Doenças Sexualmente Transmissíveis, como se cada vez que fizer amor – e sempre que copula se faz amor, mesmo que não sinta nada por quem está conosco – for para reprodução; nesse fracasso, nesses erros, nessa eterna repetição de erros e erros causados pela circuncisão mental judaico-cristã é que há a origem do amor entendido como apego, riqueza infinita de sofrimento que nos leva a amar sem dignidade aqueles que talvez já não nos amam; como Carla fez todo o tempo que a relação durou, vítima da fantasia do coração unido a uma única coisa, uma), se queremos ter um filho", dizia a ele, "temos que fazer algo, porque o tempo está passando para mim", tinha dito, assim, no plural. Ele disse que não, porque talvez quisesse encher outra barriga que amava mais, a de Verônica das Avaliações, por exemplo. E César continua falando: "Enfim, ela não era uma *top model* como as que aparecem na televisão, era uma das centenas de modelos que alimentam o mundo da moda, que trabalham quase diariamente em dias muito longos e não ganham fortunas com isso. Apesar de termos feito alguma poupança. E chegamos a Vigo, porque eu sou de Vigo, ela não é galega; de qualquer maneira, chegamos a Vigo depois de vaguear por diferentes cidades galegas, até que eu lhe disse, 'olha, por que não vamos para Vigo, eu sou de lá, estaremos confortáveis lá', e ela aceitou, e tivemos três filhos e uma vida mais ou menos feliz, até que há um ano ela me disse que queria o divórcio". Carla engole o que resta do chá, sem se atrever a dizer nada, e pela garganta abaixo vai, com o chá, a pergunta, *mas que tipo de mulher poderia querer deixar tal homem?* "Há um ano ela me pediu o divórcio", ele repetiu. "Havia outro, bem, há outro, ela tem uma relação com um cara, com outro homem, vá lá". Ela sente que ele fica nervoso, talvez seja por isso que o encoraja a falar. "Como eu". "Você o quê?" "O meu marido também me deixou por outra mulher, por uma colega, um pouco mais nova, ou melhor, muito mais nova do que eu; eles vão ter um filho agora, penso eu; tenho uma amiga, Fátima, que acha que ela está grávida, eles trabalham juntos, os três, o meu ex, a moça com quem ele está agora e Fátima". "Bem, a minha me deixou por um homem mais velho que eu. Seja como for, não quero aborrecer você com a minha história. O que é importante para você saber é que conheci Maria Jesus no meio do caminho". "No Duke", ela disse. "Onde?", ele pergunta, enrugando a testa, que de repente se enche de dobras maduras de pai protetor. "Não entendi". "No Duke, ela sempre dizia que nos sábados à noite ia ao Duke, que deve ser uma boate, eu não sei onde é, e que ia lá com uma amiga chamada Lola para dançar a noite toda, como uma louca". "Ah, sim? Bem, eu não sei, ela nunca me disse nada. A verdade é que nos fins de semana não nos víamos. Eu tenho filhos no sábado e no domingo, pelo menos eu tenho a pequena, porque os outros dois já estão crescidos e podemos nos encontrar quando quisermos, mas a pequena fica comigo alguns fins de semana, e não é um problema ficar com ela, que é muito chegada à mãe, é normal. Não, eu não a conheci naquele lugar, e essa Lola também nunca falou comigo. Eu conheci Maria Jesus de uma maneira especial". "O que você quer dizer com especial?" "Sim, especial, estou um pouco envergonhado de lhe falar sobre isso". Carla deixa a xícara já sem chá nos lábios sem sequer imaginar o que quer dizer com isso que eles se encontraram de uma forma especial. "Bem, não tenha vergonha. Pode me contar o que for, de qualquer maneira, se quiser me contar". "De qualquer forma, que diferença isso faz, não sei, sinto que posso falar com você com confiança". "É claro que você pode, diga, sou uma mulher do mundo e não vou ficar escandalizada", ela diz, mentindo. "Você vê, eu a conheci em uma reunião de *singles*". "Como?", ela diz. "Reunião de quê?", evidenciando e demonstrando claramente que não é uma mulher do mundo, como afirmou. Ele sorri e novamente deixa ver aqueles dentes brancos que encorajam a olhar para eles, solteiros, solitários, solteiros. "Enfim, você sabe, não pense mal, por favor, não é um desses lugares para ir ao encontro para... Enfim, você sabe, é para isso que eles servem, são associações, ou grupos, pessoas que saem para se encontrar uma tarde em algum lugar e conversar. Um clube de *singles*, *singles* em inglês significa apenas isso, alguém que está sozinho mas porque quer, um solteiro, mas porque quer viver sozinho, um solitário; bem, vamos ver, estou me explicando mal, um solteiro é alguém que está sozinho mas não quer deixar de ficar sozinho, mas ao mesmo tempo quer estar com alguém..., embora só de vez em quando". "Isto é", disse ela, "uma reunião para flertar". Ele deu uma risada. "Não exatamente, não é isso, eu quero viver sozinho e de fato vivo sozinho desde o divórcio". "Mas você pensa", ela interrompe, "que vai viver junto em algum momento". Ele fica sério, mas não muito sério. "Você vai entender que não tivemos muito tempo para pensar em viver juntos, tivemos dois meses de, digamos, um pouco de dúvida", ele procura bem a palavra, "de namorados". Ela escuta a resposta e é difícil para ela entender bem o que ele lhe diz... Não é capaz de compreender que dois que se amam não querem estar sempre juntos. Não pode ser que dois que se amam não queiram estar sempre unidos até o fim dos tempos, mas parece que isso é possível. Há aqueles que querem estar sozinhos, talvez por isso ela disse que não queria homens na sua vida, ou talvez sim, retifica o pensamento anterior, talvez César fosse um daqueles dois com quem ela dormiu e não sentiu nada, e quando ela disse sobre Duke, ela quis dizer outro lugar, um clube de solteiros ou um encontro de solteiros ou o que quer que fosse que era onde eles se conheceram, e ficou envergonhada de dizer que estava inscrita em um desses clubes. E por isso ela falou sobre uma boate, que é, afinal, algo mais aceito, isso de *singles* foi a primeira vez que ela ouviu. Talvez César e ela só tivessem dormido uma vez, só uma vez, em dois meses não conseguiram mais, e foi assim, uma vez, e não gostou. Mas é difícil para ela aceitar essa reflexão, é difícil para ela imaginar um homem com uma vida longa, um fotógrafo de moda, sem dúvida um homem muito experiente, amando mal a Maria Jesus, que pode ser uma mulher simples, mas era uma mulher, tinha um coração e estava certa de que queria o mesmo que todas e que todos, que nos amem, que vibrem por nós. Ela pensa nos jovens. Como tantos. Nós fazemos projetos de vida quando somos muito jovens, quando ainda não sabemos nada, quando nos falta muito para amadurecer. E então nós crescemos e o tempo nos coloca em nosso lugar, mas não mudamos nossos sonhos, nós dizemos esse tipo de coisa, que levamos uma vida inteira fazendo não sei o quê, ou que pensamos não sei o quê, e nossas esperanças e desejos sobre o futuro, essas fantasias, ainda são mais ou menos as mesmas, mas nós não somos, vamos mudando querendo ou não, e os sonhos são um horizonte perseguido e somos tão estúpidos que só descobrimos quando é tarde demais que o horizonte nunca pode ser alcançado, que avança conosco, que está sempre a mesma distância, por isso a frustração é o destino de todos.

Mais conclusões. Antes eram dez. Agora quatro, mas não menos importantes:

1. Só aquele que renuncia aos seus sonhos pode ser feliz.

2. Só aquele que é capaz de sonhar sem parar pode ser feliz.

3. Somente aqueles que constroem utopias diferentes em suas cabeças, de acordo com sua idade, podem ser felizes.

4. O único que pode ser feliz é aquele que encontra e coloca na cama corpos que são desejados de vez em quando, para manter a ficção da vida.

"Você deve se animar a participar, é muito fácil", diz César. "Você se inscreve pela internet, tudo é muito limpo, muito correto e muito anônimo, e você não precisa ir aos compromissos se não quiser. E nunca é um compromisso com um homem específico, mas se marcam compromissos para, por exemplo, fazer uma caminhada num domingo, ou ir a uma boate numa tarde da semana, esse tipo de coisa. Foi assim que eu a conheci, nós nos conhecemos num domingo no ônibus, há quase três meses, numa excursão de solteiros para passar o dia no Monte Santa Trega. Ela sentou comigo ou eu me sentei com ela, já não me lembro mais. E passamos esse dia juntos, não havia mais ninguém para mim além dela". (Carla pensa que um dia ela também teve isso, o mesmo que todos os casais que, quando se conhecem, mesmo que sejam clandestinos, pensam que não há mais ninguém no mundo.) "A paixonite foi instantânea. Fui fisgado nesse mesmo dia. Adorei a sua espontaneidade desde o primeiro momento, ela..", ele ri. Carla tosse por causa do riso, ela se contagia, mas é uma alegria tensa, porque quer saber o que foi que o fez se apaixonar. "Como ela era grosseira", ele diz isso e solta uma risada. E Carla solta umas risadas muito falsas e diria *como ela era vulgar*, mas ele disse *grosseira*, nem mesmo bruta, com aquele sufixo tênue e familiar que se liga diretamente a tudo o que ele disse antes sobre eles começarem algo muito bonito. "Essa foi a primeira vez. Trocamos telefones e nos encontramos dois dias depois. E olha, naquele dia eu a levei para um hotel".

Isso é o que ele diz.

Ele fica sério depois de confessar tudo isso a ela. E põe o rosto nas mãos e chora.

Ele chora e inclina-se para a frente, à procura do corpo dela.

Ela abre os braços e o coloca lá dentro.

E os gritos daquele animal ferido podem provavelmente ser ouvidos em todo o planeta.

—x—

PERGUNTAS E MENTIRAS

"Não queria incomodá-la, especialmente num dia como o de hoje, mas precisava falar com você durante meio segundo". Quem diz isso é a policial que esteve em sua casa no dia anterior, aquela que a aconselhou, – e que bom que ela fez isso –, a ligar para três ou quatro seguradoras, as mais conhecidas, La Fe, Mapfre, Ocaso, Santa Lucia, todas elas, para saber se a mulher morta tinha alguém para cuidar dela se morresse, se morresse viva, não morta, para descobrir se havia alguma coisa contratada pela falecida, para se livrar do que sobrou dela, como disse o poeta melancólico e tolo, *a vida é um rio que vai dar lugar ao mar, que é a morte.* Ela vem de uniforme, claro, com o mesmo uniforme de ontem, ou um parecido, para o caso de o outro estar lavando, e tem uma pasta branca na mão com o logotipo da polícia por fora. "Sim, claro", Carla responde enquanto se separa do caloroso e estranho abraço no qual ele enxugou sua dor como um homem despedaçado pela tragédia. Eles se levantam, os dois, juntos e ao mesmo tempo. "O que é isso, a autópsia?", pergunta Carla. "Não, não, estas são as minhas coisas de trabalho, a autópsia não podemos discutir com você, pois não é da família. Tenho de lhe fazer algumas perguntas". "Bem, faça". "A falecida trabalhava na sua casa, certo?" "Sim, sim", ela confirma. "Normal que não podemos saber sobre ela, a autópsia", acrescenta uma resposta que foi para outra pergunta. "Mas está tudo bem?" A policial olha para ela e para ele. "Este é César, e ele era seu namorado". "Bem, sinto muito", diz a policial, sem estender a mão, muito menos estender o rosto para lhe dar dois beijos; a policial fardada certamente nunca beija. "Também não posso dizer nada sobre a autópsia, mesmo que você tenha mantido uma relação sentimental com a falecida, não é um membro da família, por isso não posso comentar essa informação. Mas vou lhe dizer que, por enquanto, o caso permanecerá aberto porque apareceu algo na autópsia que não explicamos muito bem. Mas, insisto, não me pergunte ou insista, porque não posso lhe dizer nada". "Como assim, apareceu algo na autópsia?", ele pergunta, um pouco exasperado, embora se controlando. "O que aconteceu com Maria Jesus? Acho que tenho o direito de saber", a pergunta soa, claro, interrogativa, e sua voz sai adornada com um poço de angústia, mas a policial, sem dúvida especialista em mil batalhas ou em mil cursos sobre Gestão do Estresse em Situações Difíceis, ou mesmo porque é assim, uma senhora de natureza calma, repete: "Sinto muito, mas não me pergunte nada porque eu não posso lhe contar sobre o resultado da autópsia. Só para a família. Mais ninguém. Estou aqui porque preciso perguntar uma coisa". "Para mim?", diz Carla. "Sim, para você. O celular da falecida não foi deixado em sua casa, por acaso?" Carla ainda não responde. Tem de pensar muito bem na resposta. "Sabe-se que sua amiga tinha um número de celular com uma companhia telefônica, embora ela não o usasse muito, poucas ligações foram feitas". "Sim, a maioria delas seria para mim", diz ele. "Provavelmente, se eram namorados, falariam muito", confirma a inexpressiva agente e sem parar de olhar para Carla. "O problema é que as pessoas costumam andar com o celular na mão, e, quando pegamos o corpo e a bolsa, que, aliás, ficou na delegacia até o caso ser encerrado, lá o celular não estava, nem mesmo em nenhum dos bolsos das roupas que ela usava quando morreu, e nenhum dos colegas do perito que revistou seu apartamento e a carregou relatou tê-lo visto. Achamos que poderia estar na sua casa. Há duas horas entramos em sua casa para procurá-lo, com uma ordem judicial, é claro, e não se preocupe (agora estava falando com Carla), você nem vai notar que estivemos lá. Entramos com uma chave mestra da delegacia e deixamos como estava. Você nem vai notar que a polícia passou, eu insisto, revistamos a casa de cima a baixo, e o celular não apareceu em lugar algum. E o problema é que fizemos algumas ligações e o aparelho dá um sinal". (Naquele momento Carla percebe que está com o celular, felizmente silenciado, dentro da bolsa; naquele momento ela percebe que provavelmente tem algumas ligações perdidas da polícia; naquele momento ela percebe o perigo absurdo que corre ao ter o celular da mulher morta quando não precisava, porque o correto é que agora ela vá e diga, sim, o celular está aqui.) "Não, na verdade não. Eu não o tenho em casa. Bem, vou verificar, mas ainda ontem aspirei e não vi nenhum celular; sabe, depois do que aconteceu tive uma espécie de esgotamento nervoso e comecei a limpar tudo, não sei, sabe, tive a morte em casa, vai pensar que sou estúpida". A policial só diz: "Não acho nada. Aqui está o meu cartão. Se o celular aparecer ou tiver notícias dele, ligue para mim". É César que responde: "É o que vamos fazer".

A policial sai.

Carla caminha até o sofá e desaba nele. Sente as pernas tremendo.

César senta-se ao lado dela. Sério.

Muito sério.

—x—

ROMEU E JULIETA OU O ANIMAL FANTÁSTICO

Assim que a policial sai, César pega sua mão e lhe diz para ficar tranquila. "Mas eu acabei de mentir para a polícia! Sou uma completa idiota!" "Não", disse ele, e ela pensou que ele estava apertando um pouco as mãos dela. "De jeito nenhum, você fez muito bem, pense na confusão em que você poderia ter se metido se tivesse dito a ela que estava com o aparelho, você sabe, ela começaria a se perguntar por que você ficou com ele, mesmo quando havia explicado que era por ter ficado nervosa, que quando chegou você segurou a mão dela, como me disse, tentando ver se podia reanimá-la, ver como ela estava; mesmo assim eles teriam dito como foi que, quando você percebeu que o tinha, não chamou a polícia na mesma hora. Não, não se preocupe, você se saiu bem; por que se meteria em problemas? Além do que, se não fosse por isso você não teria me encontrado e me dado a notícia". "Você teria ficado sabendo de qualquer forma", diz ela, e com razão. "Sim, mas assim tudo foi mais fácil, teriam passado dias até que eu descobrisse; no fundo foi bom que você ficou com ele, mas o melhor é se livrar do celular, jogue em uma caçamba ou em algum lugar, não devia ficá-lo com você". "Sim", ela diz, é verdade, e concorda, e acena com a cabeça e pensa que é bom que ele esteja lá para confirmar que ela realmente fez o certo. Ela o tirou da bolsa. Havia muitas chamadas perdidas, sem dúvida aquelas feitas pela agente, que estava chamando. Que alívio que estava no silencioso. Ela tinha feito isso quando entrou na funerária, colocou os dois celulares no silencioso, e graças a Deus, porque, *se eu estou aqui com aquela policial e ele toca, eu morro de ataque cardíaco, como a pobre Maria Jesus morreu.* "De qualquer forma, olhe, aqui não fazemos nada, seria melhor irmos"; é ela quem diz isso, e, assim como diz, se sente como uma idiota, porque talvez o que ele queira é estar com a morta o tempo todo, como tantas pessoas fazem, que aguentam o velório até o último momento porque confundem o corpo com a pessoa, ou seja, confundem o cadáver com a pessoa, mas não era esse o caso. "Você está certa, nós não temos nada para fazer aqui e ninguém virá o dia todo; talvez amanhã venham, tenho certeza de que virão depois da publicação do obituário nos jornais, talvez algum vizinho dela, mas não hoje, porque ninguém, exceto você e eu, ninguém mais sabe que a pobrezinha morreu". "Você está certo, vamos embora, e para onde vamos?", ela perguntou. A mesma pessoa que teve a grande iniciativa de dizer que estava indo embora agora começa a sentir os nervos em uma forma sutil de bloqueio. Talvez ele tenha percebido algo, porque acrescenta. "Bem, vamos, se estiver tudo bem com você, quero dizer, talvez você tenha de ir a algum lugar ou tenha algum compromisso". "Não, não, não, de jeito nenhum", corrigiu ela rapidamente, talvez muito rapidamente. "Eu ficarei feliz em ir com você a qualquer lugar, para tomar uma bebida, de qualquer forma". Ele ficou calado por um momento, calado pensando, calado como se ajustando em sua cabeça o infinito de possibilidades de onde poderiam ir juntos num dia como aquele, de morte, velório e mentiras para a polícia. Depois ficou em pé e se encaminhou para a porta com a chave na mão. "Venha", disse. "Vamos", e ela completou, talvez para não ficar calada. "O que é que você tinha para dar a Maria Jesus?" "O quê?", perguntou ele. "Quero dizer, o que você queria com Maria Jesus, quando você mandou a mensagem para ela, isto é, para mim pensando que era ela. Você disse que iria dar o que tinha para lhe dar, o que era, bem, se você quiser me dizer. Bem, eu não tenho a menor curiosidade..". "Não, não, calma, não era nada, apenas algumas fotos, algumas fotos que eu tinha prometido dar a ela". "Ah, bem, sim, isso, vamos?" "Vamos". Ele fica sério: "O que você acha se formos ao meu estúdio? Bem... se você quiser... Você parecia muito surpresa antes quando eu disse que trabalhava com fotografia. Ei, não pense que eu sou Avedon ou Cartier-Bresson ou Capa ou qualquer um desses". Carla começou um projeto de sorriso que não deixou dúvidas de que não sabia de quem estava falando. "É o meu estúdio e também a minha casa; bem, tudo menos ficar aqui mais um minuto, estou começando a ficar com falta de ar". Ele proferiu aquela dramática última frase de pé e esfregando o peito. Pareceu-lhe o ser mais triste do mundo e ela disse que *sim, eles iriam para o estúdio* e, como sempre, exagerada e falando demais, acrescentou: "Acho uma excelente ideia. Vamos, vou atrás de você, vou colocar o carro na minha garagem e depois vou no seu carro". "Sim, é do outro lado da rua". E foi assim que fizeram, ela estacionou o carro na garagem do prédio e saiu depois de dobrar os retrovisores.

Ele estava à espera dela dentro de seu carro. Ele tem um carro branco novinho em folha, que se não era novo parecia, porque cheirava a novo. Todos nós sabemos como os carros cheiram quando são novos, e ele disse: "Agora eu sei onde você mora, tenha cuidado comigo", e ela riu dele. "E eu sei onde você mora, eu posso ver você da janela da minha sala". César tem o estúdio, portanto, a quinze segundos de carro, isso se acrescentarmos muito tempo entre uma casa e a outra. "Tivemos sorte", disse ele. "Por quê?", perguntou ela. "Tivemos sorte porque aquele vai sair e eu posso estacionar na rua. Aqui os prédios não têm garagem. Bem, o seu tem, que é meio rico, aquela urbanização que fizeram onde você mora, mas o resto são prédios antigos; quando estes foram feitos quase ninguém tinha carro e depois os fizeram sem vaga de estacionamento; às vezes passo uma eternidade tentando estacionar". Saíram do carro e chegaram à porta de um prédio de quatro ou cinco andares, não mais, e, de fato, na entrada havia duas placas, uma com o nome de um dentista, e a outra com o seu nome e profissão: fotógrafo. Ali, parados diante da porta, ele disse que voltaria ao carro porque tinha esquecido a chave dentro e que não demoraria; e ela ficou ali, não muito, meio minuto mais ou menos, e foi quando foi acometida por um sentimento inesperado e surpreendente, feliz e fugaz, e demolidor, como um tremor de terra sísmico, pois se deu conta do que sentia, e a lembrança era muito nítida e clara, e o suor também, e a parte de dentro dos músculos, justamente ali, igual àquela vez em A Coruña, quando tinha dezessete anos, sim, devia ter dezessete anos, porque era recém-chegada ali, e foi a primeira vez que Javier, o primeiro homem da sua vida, o único homem da sua vida, ninguém havia entrado, exceto Javier, – ela não deu o seu coração a ninguém para o partir mais do que ele. Fátima disse uma vez: "Devia ter um amante". "Como é que eu devia ter um amante?", ela tinha repetido perguntando, fazendo um escândalo. "Eu não preciso de um amante, eu amo o Javier, eu amo o meu marido e ele me ama, sim", ela tinha dito a Fátima. "Sim, e eu amo o meu marido, quer dizer, tudo o que se pode amar em um marido com quem se tem vivido toda a vida, mesmo uma boa vida; ele me ama, mas uma coisa não tem nada a ver com a outra". "Como não tem nada a ver?" Dessa vez não tinha sido uma pergunta transformada em uma escandalosa sentença inquisitorial, dessa vez foi uma declaração, que ela completou: "Amar implica ser fiel, não se entregar a outro, não percebe?", ela perguntou, e a outra não disse não; ela continuou a explicar enquanto caminhava em outra direção com aquelas longas e infinitas pernas que olhava, e que agora entende melhor, – com o passar do tempo tudo parece melhor –, para que outros homens a vissem e a desejassem. Para que outros a fizessem sentir-se viva. "Sabe, o amor não tem nada a ver com a vida. Nem sexo com amor. Nem a vida com sexo. As pessoas muitas vezes confundem sexo com amor. E não são a mesma coisa. Mesmo que aconteçam ao mesmo tempo, mesmo que dure dez minutos. Ou menos". Acho que já dissemos o oposto, que todo sexo é amor. Em todo caso, não é uma contradição. Estamos entendidos. Carla achava que tudo isso era demasiado complexo para ela e que teria de fazer um grande esforço para compreender. Para compreendê-la. "Sabe, eu nunca vou deixar de amar o meu marido. Mas eu também não vou desistir de ser feliz, não sei se posso explicar". "Não, você não pode explicar", Carla respondeu, e foi uma resposta sincera, nascida daquele coração limpo que ela usou durante anos e que, claro, ainda temos que concordar que parece que ainda tem, – veremos mais tarde. "Não estou disposta a ser amada de vez em quando, com um amor descafeinado, quero tudo isso, quero aproveitar a vida, tudo isso que você e eu temos. Então rotina não é suficiente para mim, você entende?" "Não, mais uma vez não entendi". Claro que sua vida era rotineira, – muito –, mas não era isso que era apropriado? Ou seja, estava feliz sabendo estar em casa, com ela, esperando, construindo um velho futuro juntos, e com ele o sexo era bom (então confundia um orgasmo de cada vez com bom sexo). "Não entendo o que você quer dizer, você tem um amante?", ela ousou perguntar. "Sim, ou não, não sei, pelo menos hoje estou me relacionando com três homens diferentes, todos casados e todos tão entediados quanto eu com suas vidas". Ela cortou essa conversa sem perder a educação e de tal maneira que pareceu ter se sentido grata por uma confiança que, para dizer a verdade, teria preferido não ter sabido. "Estou feliz com Javier, ele é o homem mais maravilhoso do mundo". Fátima não acrescentou nada. Ela, de fato, sabia que sim, Javier era um homem maravilhoso porque ele também tinha passado, e tão feliz quanto os dois (ou todos os três, Carla não tinha descoberto), por sua cama libertária. Carla respondeu que sim. Carla respondeu com aquela fantasia do amor perfeito, do amor total, do amor que é tão grande o quanto nos amamos um ao outro. Àquela altura, talvez tenha acreditado nisso. Porque provavelmente quando estamos apaixonados vemos, como dissemos no início desta história de amor que estamos contando, o que o nosso cérebro bioquimicamente alterado decide fabricar e quer ver. E ela acreditava, porque estava apaixonada, ou porque pensava que estivesse, que sim, Javier era o ser mais maravilhoso do mundo, embora o modo de tratamento e a intensidade do amor (aqui pense também no sexo, claro) não fossem como o modo daqueles que nos amam e daqueles que amam como o homem mais maravilhoso do mundo deve ser, – como ela dizia por aí e acima de tudo como dizia a si mesma. Era assim que a cabecinha dela funcionava, e, no final, também não podemos culpá-la, porque essas coisas, como já dissemos, não podem ser evitadas. É assim que as coisas são, cientificamente falando, radicalmente, então você tem de fazer sexo e se lixar para o romantismo, mas é assim mesmo; e se nós assumíssemos isso naturalmente, sem traumas, sem drama, sem medo, no fundo iríamos desfrutar mais da vida. Se entendêssemos que tudo é fantasia, política, linguagem, pátria e o que nos ocupou por tantas páginas, também o amor (apaixonar-se é viver uma fantasia perpétua, alegre e ideal, sim, mas uma fantasia), nos pouparíamos de muitos aborrecimentos. Se assumíssemos que construímos os romeus e as julietas. E que não podemos evitá-lo, insistimos e somos redundantes, porque o que nos diferencia do resto dos animais não é a racionalidade ou a sociabilidade ou a nossa capacidade de fabricar simbologias (religiosas, de identidade... de qualquer tipo). O que nós humanos fazemos e o resto dos bichos não faz é fantasiar. Nós somos o Animal Fantasioso. Que na sua melhor versão dá origem à literatura mas, no dia a dia, apenas às tremendas incompreensões do amor que frustram e danificam os corações mais inocentes, que são, já que estamos com isso, os da maioria das pessoas que acreditam que são amadas pelo que são e não pela fantasia que na realidade aos olhos e ao cérebro do outro ou da outra pessoa elas são.

Carla, em pé à porta do edifício de César, sente o mesmo que da primeira vez em A Coruña, dezessete anos, virgem à espera de Javier, que a levou ao seu apartamento de estudantes. É exatamente a mesma sensação de então: coração pesado, boca seca, calcinha molhada e um certo sentimento de culpa. A calcinha molhada, sim, será do nervosismo, ela diz para si mesma, será do dia estranho, será ela, será para o que quer que seja; mas é, a vida é complicada, dizem em uma canção, e ela é especialista em complicar um pouco mais. Ela se sente como uma adolescente, como naquela primeira vez. A diferença é que naquela primeira vez ficou claro que estava indo para o apartamento de estudantes de Javier, para perder a virgindade, estava claro que ele era o homem da sua vida. Desde aquele primeiro momento, porque Carla estava apaixonada, como tantas pessoas, pelo amor, pela felicidade do amor apaixonado, pelas canções para se apaixonar pelo amor, pela fantasia; ela estava indo para que aquele homem, então jovem, se ela, com dezessete, ele, com vinte e um, a desflorasse; ela não esperaria pelo casamento, freira não era, ela se entregou a ele, ela se entregou, e foi um daqueles momentos de consciência suprema dos quais já falamos. Um momento crucial. É por isso que a rendição radical total é absolutamente generosa e aberta ao excesso. *Eu sou tua. Vem, me tome e não se preocupe em me magoar. Ao meu corpo. Ao meu coração.* Agora ela não será deflorada, ou talvez seja, porque essa mulher está há muitos anos sem amor, sem um homem que a ame, sem braços para abrigá-la à noite, por isso há um lado da cama sempre vazio, frio, congelado e parado no tempo, parado em um dia já esquecido de muitos anos atrás, quando parou de se aproximar à noite, quando compreendeu que podia dormir sem ter as pernas cruzadas, quando ele manifestou esta frase como um bolero decadente, *chegue para lá e me deixe dormir, que amanhã tenho um dia muito duro*. Todas essas coisas já aconteciam fazia muitos anos antes da separação de um mês atrás, muitos anos antes de terem começado a verbalizar, especialmente Javier, *isso não nos leva a lugar nenhum bom, é melhor assumir, isso deve ser cortado*, ele falou assim e foi o mais corajoso dos dois, foi ele quem ousou dizê-lo e encontrar um advogado para o trabalho de furar o balão do amor romântico. "Acabou, é isso, meu advogado vai falar com você". Então talvez seja como se ela pensasse, como se seu corpo pensasse que precisava ser deflorado uma segunda vez. Quem sabe. A mente humana é complexa. E a de Carla é muito mais.

Aquela cena, a da separação, aconteceu porque Javier queria que acontecesse. Como em tantos outros momentos de sua vida, foi ele quem agiu e foi ela quem reagiu. Sempre foi assim. Ela viveu submetendo a sua vontade à vontade dele. Mas quando isso acontece, quando alguém age assim, no fundo é porque espera algo, algum prêmio, alguma recompensa, neste caso, emocional. E o que ela estava esperando, o que ela estava procurando? Ela diria: "nada. Absolutamente nada. Eu não estava à procura de nada. Amar é dar. O amor é dar. Amar é renunciar para que o outro possa ser. O amor é sacrificar-se por um sonho comum". Sim, Carla, já falamos sobre isso. E já dissemos que é um erro. Porque não existe um projeto comum. Há, na melhor das hipóteses, projetos. Projetos de ambos, mas cada um com os seus. O de Javier estava claro e atingível sem grandes complicações: viver bem, trabalhar duro e estar em casa. Com você. O seu, porém, era muito mais confuso: fazê-lo feliz, que ele a fizesse feliz, sermos felizes juntos pelo fato de sermos felizes. Isso é ridículo, Carla, por menos que você pense que é ridículo. Pensar dessa maneira é uma merda. Agir assim é uma merda. Você deveria ter entendido que só poderia estar feliz por si mesma, não por intermédio do seu marido. É assim que todos somos ensinados a ser, e é por isso que acabamos sendo, especialmente as mulheres, tratadas pior pela educação convencional dos machos da família ocidental etc., amantes simples e complicados do amor. E é por isso, Carla, que você queria vê-lo feliz, e cedeu a tudo por ele, para fazê-lo feliz, estando atenta ao que ele queria ou ao que você pensava que ele queria (mesmo que ele não lhe prestasse atenção, que não se importasse com a sua felicidade, na verdade nem sabia, não o culpe, que ele tinha de fazer isso). E você esperava, por causa dessa sua atitude, beijos, carinho, sexo, carícias. Mas não funciona assim. Nunca funciona assim. Nunca se esqueça disso, Carla, especialmente hoje, quando você está prestes a começar uma aventura que nem imagina.

—x—

OS BENEFÍCIOS
DA AMNÉSIA

Eles subiram, era no segundo andar. Os degraus de madeira rangeram a cada passo. Com a chave, César abriu uma das portas verdes com um grande olho mágico, deixou-a entrar na sua frente e a conduziu para dentro, colocando a mão em suas costas, como um delicado sinal que convida à confiança. Ela gostou. Eles foram recebidos por um corredor que, como todos os corredores, levava de um lado para a direita e do outro para a esquerda. César virou à direita e eles entraram em uma sala grande, que era o estúdio, onde o que mais se destacava era um grande lençol branco e alguns holofotes muito enormes e muitas outras coisas que com certeza devem ter nomes tecnicamente muito precisos e utilidades ainda mais fundamentais para tirar fotos com qualidade profissional. Carla perguntou, curiosa: "O que tem ali?", e estava se referindo à outra parte do corredor, a da esquerda. Ele respondeu: "Ali é a minha verdadeira casa, onde eu faço minha vida, meu quarto, cozinha, banheiro, e também o laboratório de revelação. Nestes tempos em que tudo é digital eu ainda trabalho do modo tradicional, e deixo que digam o que quiserem, mas a magia do papel e a impressão em papel dos negativos ainda são algo impossível de ser superado, especialmente na fotografia em preto e branco". Ela concorda com ele quando na verdade não tem uma opinião muito formada sobre o assunto; na verdade ela não liga muito, ela tira fotos com o celular. "E no que você está trabalhando?" Ao ouvir a pergunta, César sorri novamente, mas de maneira diferente. Se antes, na funerária, ele havia deixado seu sorriso ser visto de tempos em tempos, especialmente quando se referia às histórias de Maria Jesus, agora era um sorriso iluminado, um sorriso excitado, um sorriso intenso de alguém que sabe que acaba de ser feita uma pergunta importante, uma pergunta que se relaciona com a parte mais essencial de sua vida. "Quer mesmo saber?" "Bem, claro que eu adoraria saber", ela respondeu com confiança. "Vamos, sente-se ali", e ela sentou-se perto de uma mesa, uma mesa cheia de papéis, e ele sentou-se do outro lado, arrancou um livro muito grosso de uma gaveta, um álbum preto muito grosso, encadernado com uma espécie de capa fofa, como um álbum de casamento, considerando o que ele tinha dito sobre ser um artista, mas que basicamente vive de tirar fotos de casamentos, batizados, primeiras comunhões e todas essas celebrações, certamente tinha muitos desses tipos de livros grossos para separá-las e colocá-las em ordem, e depois mostrar essas fotos, essas belas fotos, desses atos incríveis, aos parentes que não se importam com elas. "É nisto que estou trabalhando agora, estou preparando uma exposição. Bem, eu gostaria de preparar uma exposição sobre isto que verá aqui, mas você sabe, eu não tenho um centavo, quero dizer, o que eu ganho com o estúdio dá para viver e, acima de tudo, para a pensão que eu pago para a minha ex e para as despesas das crianças. Ao mais velho não deveria enviar nada, mas você sabe como nós pais somos. Mas isso que eu vou mostrar a você é o meu sonho. Agora estou procurando financiamento para preparar uma grande exposição com este material", ele disse isso e bateu, suavemente – se é que uma batida pode ser suave –, na capa do livro. "Você quer ver?" "Sim". Ele o abriu. Aquele era, sim, um álbum de fotografias. Eram todos retratos, retratos de mulheres, um monte delas. "Quantas tem?", ela perguntou. "Eu não sei, talvez vinte ou vinte e cinco aqui no livro". Já sabemos o nome técnico, é um livro. "E elas estão em formato pequeno, então você pode vê-las, você ou qualquer outra pessoa que esteja interessada e queira colocar algum dinheiro para montar a exposição. Mas é claro, eu vejo como grandes retratos, realmente grandes. Quero fotos de dois metros de altura e um de largura, assim grande, e isto aqui é apenas uma parte; eu venho fazendo isso há anos, muitos anos de trabalho".

Eram todos retratos de estúdio, retratos de estúdio e retratos de mulheres, mas não eram mulheres fotografadas por aí. "Você fez todas no seu estúdio?" "Sim, claro, mas não todas aqui neste de Vigo.

Já te falei, nós demos a volta ao mundo mil vezes e vivemos, antes de vir para cá, em outros lugares da Galícia. Olha, olha aqui embaixo, à direita". Ali embaixo à direita foi onde ele apontou o dedo indicador da sua mão masculina um pouco grossa e claramente desidratada. "Aqui, olha, César Studio, essa é a marca, esse é o nome com que assino sempre os meus trabalhos. Anos atrás fui muito bem pago por eles, ali naquelas prateleiras devo ter revistas de moda com fotos assinadas por mim, mas já deixei isso tudo para trás. Não estou mais interessado em nada dessa frivolidade, meu projeto é retratar a mulher comum, a beleza da mulher comum, a beleza gloriosa da mulher comum", e assim ele dizia, falava como em verso, falava como poeta; que coisas saíram por sua boca... natural que tenha levado uma modelo para a cama, uma ou cem. "Estou cansado das pessoas da moda", ele continuou, "e não é por causa da minha ex, hein? Estou farto de fotos retocadas e de fotografar aquelas mulheres andróginas que parecem homens muito zangados. Estou à procura da mulher comum".

Foi por isso que se apaixonou por Maria Jesus. Sim.

Ambos estão em silêncio. O que o fotógrafo está pensando, nós não sabemos. Muito provavelmente ele está, forçado pela situação, lembrando-se de sua amada, aquela que ficou lá, fechada na sala número oito da funerária (particular) em um lugar fresco, esperando o dia chegar e começar o adeus final. Mas nós sabemos o que Carla está pensando a esta altura da conversa. Ela está onde estava havia poucas horas, na funerária, questionando-se sobre os mistérios do amor, sobre a incrível dicotomia que existe no fato evidente e inegável que está alojado na realidade inquestionável, por ser tão redundante. Mas a questão é complexa de entender e até de acreditar, e deve ser redundante, que aquela mulher sem atributos como Maria Jesus era, aos olhos daquele galã indescritível, um belo objeto de amor. Nós somos como eles nos veem. Quanto a Carla, Javier sempre a viu mal. Mesmo quando lhe dizia "eu te amo", nas poucas vezes que ele disse isso, ele a via mal. Estava só dizendo para se calar. Dizia porque ela continuava a insistir. "Eu lhe digo vinte vezes por dia que te amo. Tantas vezes quantas forem necessárias para você saber que eu o amo. Você nunca me diz, Javier, por que é que nunca me diz que me ama?" "Porque isso você já sabe". "Sim, mas tem de ser dito. O amor, se não for alimentado, morre. O amor, se não ouvir falar, desaparece". César amou Maria Jesus com um grande amor. Na verdade, apesar de saber que ela está morta, ele ainda a ama. Ele vai amá-la por muito tempo. Talvez por uma vida inteira.

Carla, por outro lado, deve aprender a esquecer.

-x-

A ANORMALIDADE NORMAL DA BELEZA

Lentamente, dominando o tempo, ele começou a virar as páginas do livro. Ele estava consciente, felizmente consciente, do presente que estava dando a ela, compartilhando-o com ela. E tornou-se claro para ela quão talentoso aquele homem era. "O que quero com estas fotos, e com a exposição, se eu for capaz de realizá-la, é mostrar a mulher comum, a mulher de cada dia, mulheres como Maria Jesus ou como você. Quero pegar a força e a energia que vivem dentro das mulheres, todas elas, mulheres normais; você vê que elas estão todas em preto e branco. Faço dessa forma para torná-las mais expressivas, são fotografias apenas de rosto, retratos no sentido mais clássico da palavra, e todas mulheres normais, vestidas com roupas normais, em qualquer dia em que apareceram, cada uma com um motivo diferente, no meu estúdio. Ganhei a vida durante os luxos tirando fotos muito artificiais de mulheres muito artificiais e muito raras que são, olha que curioso, aquelas que ditam as tendências da beleza e que dizem como você tem de ser para ser considerada uma mulher bonita. Que bobagem, não? O mundo está cheio de mulheres bonitas e elas estão em toda parte, na rua, no ônibus, no local de trabalho". "Sim", ela disse, maravilhada com a paixão que saiu daquela boca ao falar. "A beleza", ele continuou, "não está nas revistas de moda. A beleza você tem de saber procurar, a beleza tem de aparecer. Olhe para as fotos e me diga se elas não são bonitas, todas estas mulheres que eu tenho retratadas". "Estas", continuou, "são as verdadeiras mulheres de um mundo real. Olhe", e virou o livro para que ela pudesse ver melhor todas aquelas mulheres que lhe pareciam, além de normais, realmente belas. Havia retratos de todos os tipos, de uma mulher de pele escura com os ombros nus e cheia de sardas – deve ter sido no verão que tirou a foto –, com os cabelos todos fluindo como se ela estivesse girando quando a fotografou; outra que estava descansando o rosto na mão, em uma atitude melancólica deliciosa, e também fotos bem próximas, de rostos ao meio, com bocas de todos os tipos.

"Eu quero fotografar você".

Ele saiu de trás da mesa e agarrou-a por um braço para levantá-la. Ela, um pouco tonta, deixou-se ir. Ele sentou-a numa poltrona preta, talvez demasiado alta. As pernas dela ficaram penduradas. Ele a deixou lá e ela de repente sentiu-se nua. Com frio. Abandonada.

Ele pegou uma máquina grande e disse: "Você tem a cor perfeita para uma foto". "Vou sair triste", disse, mas ainda não tinha terminado a frase e ele já estava fotografando. Então ele olhou para a tela. "Pronto", "você não vai continuar?", "não, é isso, e você saiu linda, porque você é linda".

Psicólogos e psiquiatras e todos aqueles que sabem das coisas da cabeça dizem que em certos momentos, após certas circunstâncias, em resumo, quando estamos numa situação-limite ou já ultrapassamos o limiar das fronteiras da sanidade, somos capazes de fazer seja o que for. Mas qualquer coisa. E é por isso que, presumivelmente, aconteceu o que aconteceu. Ela chega em casa e explica que tinha de ser assim. E ela repete, como um mantra que vai voltar durante a noite na conversa que ela está pensando em estabelecer com os fantasmas que habitam seu quarto – quer eles queiram ou não, *Carla, não se torture; Carla, não é tão ruim assim; Carla, não foi nada ruim que você tenha ficado com ele; Carla, foi algo agradável, e bom, e feliz para vocês dois.* Devia telefonar para Fátima e dizer: "Compreendi o que você queria explicar daquela vez. Eu finalmente entendi, e você tinha razão. Não estou exagerando, Fátima, se te disser que o que acabou de acontecer comigo, foi o momento mais importante da minha vida". Telefone e diga isso, que vai lhe dar alguma alegria. Ligue e explique: "Mudei tanto em poucas horas que nem se pode imaginar". Ligue. E amanhã, quando for à funerária, vá calmamente. Nada mais tem de acontecer. Você deve ser adulta pelo menos uma vez. Ele deve estar tão perturbado quanto você. Tão confuso quanto você, tenho certeza. Talvez envergonhado.

Chega uma mensagem. Que seja ele, que seja ele, que seja ele, que seja ele. É Javier: vou demorar meio minuto, ligue, por favor.

Os psicólogos e psiquiatras e todos aqueles que sabem das coisas que estão na cabeça, dizem que o que aconteceu naquele estúdio fotográfico, no chão, entre produtos químicos, uma cadeira alta e um livro de mulheres em preto e branco que caiu da mesa por causa da feliz hecatombe de dois tristes corpos adultos nus que riram, choraram, gritaram e fugiram; dizem aqueles que sabem dessas coisas, ou que dizem que sabem, que não é tão incomum o que aconteceu com aqueles dois, que, quando os sentimentos estão na superfície, tudo pode acontecer. As pessoas que acabam de perder aqueles que mais amam, e sem entender por que o fazem, dois dias depois estão na cama fodendo como loucas com aqueles que menos esperam. Não é amor, é claro. Na verdade, não tem nada a ver com o amor. Provavelmente tem mais a ver com desespero e medo. Então Carla, antes de adormecer, quem sabe a que hora traiçoeira da noite, resolveu ouvir aquele fantasma que, enquanto a embalava e cantava uma perversa canção de desamor, disse: menina, ponha em perspectiva e, acima de tudo, não se apaixone por ele.

— x —

UM TÚMULO COM VISTA

Como Rafael Bazán havia previsto, os obituários dos jornais mais lidos da cidade causaram efeito (há muitas pessoas que começam a ler o jornal fazendo a contagem diária dos mortos em busca de conhecidos, esperando, de fato, encontrar conhecidos que partem cedo, que vão abrindo caminho, enchendo o recipiente da morte com outros que não elas mesmas) e durante a manhã passaram por lá especialmente os vizinhos da região de Maria Jesus. Quando Carla chegou, por volta do meio-dia (calça preta fina, discreta blusa preta com botões prateados abotoados, casaco de couro preto; Carla está linda), César estava recebendo (calça marrom, suéter cinza com acabamento vermelho, botas marrons; Carla o acha lindo) todas as pessoas que tinham vindo até ali com o melhor em seus rostos. Ele parecia cansado. Ela se perguntava se todos o conheciam ou se tinham acabado de conhecê-lo. Ele provavelmente lhes diria com aquela voz profunda e envolvente, "eu sou o namorado de Maria Jesus". Eles ficariam surpresos com a notícia; vamos ouvi-la novamente, "olá, eu sou o namorado de Maria Jesus, quer dizer, eu era, não sou mais". Eles, é claro, vão fazer cara de espanto, a mesma que ela fizera, e vão pensar, como ela pensou, *mas como Maria Jesus poderia ter um namorado tão saudável, bonito e atraente?* Não veio muita gente àquele lugar. Havia umas dez pessoas. Todas mulheres e de idade semelhante à da morta.

Carla está pregada à porta e César imediatamente a nota, e ela sente como um fio, uma agulha, um soco, uma faca, um fio de cobre enferrujado e aço, e alumínio, e gelo, frio, subindo de seu estômago para a garganta, parando seu coração por alguns segundos, preso em seu esterno. Tudo isso acontece não por causa dele, mas porque sorri para ela, e esse sorriso, que não o impede de estar atento à mulher que está falando com ele, – uma senhora com cachos desgrenhados, com uma barriga transbordante –, esse sorriso significa, *olá, você está aqui*. Uma mulher pede licença, ela quer entrar, uma senhora de cabelo loiro; Carla não hesita e arrisca. "Lola?" (esta tem de ser Lola, ela tem cabelo de louca, Carla pensa em um par quase cômico, ela tem cabelo de dançar como uma louca no Duke.) A mulher para e olha para Carla. "Sim, sim, eu sou Lola, desculpe, eu não sei quem você é", ela diz. "Eu sou Carla, Maria Jesus estava na minha casa quando morreu". "Ah, sim, sim!" A mulher abraça-a. "Obrigada por ter vindo". "Chus falava tanto de você". "Chus?" "Ah, sim, Chus, claro, Maria Jesus, sim, ela falava muito de você, que você era uma mulher incrível, ela estava muito feliz com você". Aconteceu a mesma coisa quando César lhe disse mais ou menos com as mesmas palavras; mas Carla sente estranheza quando imagina sua funcionária, com quem mal tinha trocado quatro palavras (três sobre como suas refeições eram boas e uma estranha confissão sobre sua inaptidão sexual devido à imperfeição masculina generalizada), falando dela e em termos tão positivos. "Pobrezinha", diz Lola. "Sim, pobrezinha, ela também me falou muito de você (você está mentindo, Carla, ela falou com você uma vez), que vocês iam ao Duke para dançar como loucas no sábado à noite, ela até me mostrou algumas fotos que tinha no celular". Ela sente as suas costas serem tocadas. É César. "Olá, olá", um beijo, ele aproxima o rosto de Carla e ela lhe dá dois beijos. O contato é mínimo. O cheiro dele é fácil de reconhecer. Eles se separam. "Como está?", pergunta Carla. "Mais ou menos", ele diz. A pergunta tinha a ver com *como você está depois de termos feito amor no chão do seu estúdio fotográfico ontem à tarde e eu ter tido três orgasmos antes do seu*; mas a resposta provavelmente tem mais a ver com o fato de que aqueles olhos dentro das suas órbitas indicam muitas horas de choro, muito tempo seguido de dor. Ele deve ter passado a noite sem pensar em Carla, com quem tinha acabado de viver algo tão belo e intenso, mas chorando por Maria Jesus, seu amor perdido. "Olá, eu sou Lola". Ela lhe dá dois beijos. "Olá, Lola". E Carla não entende como a melhor amiga de Maria Jesus não era conhecida do seu namorado César. Carla completa: "Lola, este é o César. César, esta é a Lola. Lola era a melhor amiga de Maria Jesus". "Bem, a melhor amiga, para todas as horas, sim, éramos amigas, saímos algumas vezes, sim, eu gostava muito dela. E você, César, era parente da Chus?" "Lola, César era o namorado dela", responde Carla. "Ah", ela diz, e sorri, "seu namorado", e sorri mais. "Bem, eu não tinha ideia de que você e Maria Jesus... bem, que vocês tinham um relacionamento, quero dizer, eu não sabia que Maria Jesus tinha um relacionamento com qualquer homem. Ela trabalhava tanto que não sei onde encontrou tempo para arranjar um namorado". Ele sorri para aquele comentário, que parece puro, e a barba grande e peluda ocupa tudo. Carla não consegue ver nada além do sorriso de bom homem que ele tem. "Sim, você vê, já estávamos saindo fazia algum tempo; sim, estávamos comprometidos". Lola se funde com ele em um grande abraço. "Lamento muito". Rapidamente os olhos dele se enchem de lágrimas. Quantas ele já derramou desde ontem? "Sim, obrigado, Lola, é muito difícil, é como se um caminhão tivesse me atropelado. Ainda bem que há pessoas que amavam Maria Jesus, como você e Carla". Ele diz isso e pega-a pelos ombros e a beija na cabeça. E ela treme e sente as pernas dobrarem-se. "Que loucura. É por isso que estamos aqui, César, para acompanhá-la neste último momento, ela era uma grande mulher", diz Lola enquanto o abraça novamente.

A manhã passou assim. Na sala número oito trouxeram uma grande coroa, com uma faixa roxa com letras pretas com a frase: *Seus amigos César e Carla não se esquecem de você*. E depois outra, menor, com rosas-vermelhas: *Amor, para todo o sempre. De César*. Todos comentaram: "que bonito". Ao meio-dia, depois de perguntar se ele precisava de alguma coisa e César dizer que não, ela anunciou que ia sair para fazer algo em casa. Era mentira, mas ela não aguentava mais um minuto lá.

Às cinco horas, segundo a notícia do obituário, os restos mortais da falecida partiriam para o cemitério de Teis, onde ela seria sepultada em seu túmulo com vista para o rio.

Por volta das cinco horas chegou e entrou na sala oito um padre pronto para dizer umas palavras antes que os funcionários da funerária levassem a falecida até o carro preto que, junto com as três coroas, a coroa do seguro, a coroa de Carla e César e a do próprio César, que lhe fariam companhia na última viagem. Mas ali, durante aquela oração fúnebre, não havia ninguém além deles e do padre. O padre, sem dúvida já um especialista em tudo, não fez perguntas nem mostrou surpresa diante de um público tão pequeno; disse algumas palavras apressadas, apertou-lhes as mãos e acompanhou-os num sentimento tão convencional e apático que, na verdade, parecia muito pouco católico. O agente da funerária apareceu naquele momento para dizer-lhes que podiam ir agora ao cemitério, ou se quisessem poderiam esperar por um carro. "Eu vim com o meu", disse Carla. "E eu vim com o meu", disse César. "Então, quando me disserem, nós vamos embora".

Um carro preto com três coroas e dois carros atrás deixou a funerária particular. Chegaram a Teis, tomando um atalho ao longo da autoestrada e saindo no bairro, muito perto do cemitério. Subiram uma encosta depois do portão principal, que levava à parte mais alta do cemitério, ou seja, ao céu, ou seja, à melhor vista sobre o vale. Carla percorreu todo o caminho atenta, só para ter certeza de que não perderia o carro de César. Ela memorizou o número da placa, para o caso de o perder de vista. Num momento em que um ônibus, após um semáforo ter ficado verde, entrou entre os dois carros, ela sentiu uma vontade terrível de gritar de pura angústia.

Felizmente o ônibus virou para a direita e foi restaurada uma ordem calma, com um som agora um pouco mais alto, o som de cascas esmagadas no chão, cascalhos esmagados, algo um pouco romântico devido aos seus pneus quase sem usar, quando o carro entrou nos terrenos do cemitério.

A comitiva (se é que três carros são uma comitiva) parou no momento exato em que o chuvisco começou. Era verão, então não tinha de chover. Na verdade, ela não se deu conta de como o dia tinha ficado tão negro até chegar àquela escuridão de chuva. Mas ela decidiu que era melhor assim.

Um funeral deve ser sempre um dia triste.

Havia quatro mulheres à espera ao pé de uma escadaria e um homem que era fácil de identificar como funcionário municipal, sem dúvida o agente funerário.

Perto do coveiro estava um padre com um livro aberto e o rosto apressado.

"Temos um problema", disse um dos funcionários da funerária. "Que problema?", perguntou Carla. "Normalmente são seis pessoas que trazem o caixão para o túmulo", ele esclareceu, "e nós somos três, porque eu imagino que a senhora não vai carregar", ele disse quase olhando para o chão e pedindo perdão. Todos aqueles que lá estavam esperando eram mulheres, uma delas, a mais prudente, já abria o guarda-chuva, e não parecia que teriam força para carregar o caixão nos ombros, nem força ou desejo; uma coisa é vir ao cemitério para um enterro e outra é ter de carregar o caixão. César deixou sair um *merda* que parecia desesperado, e talvez seja por isso que o coveiro olhou. E ela disse com determinação: "Não se preocupe, eu estou aqui. Vamos lá... nós cinco podemos carregar." César olhou para ela e não disse nada. Mas foi um olhar cheio de gratidão.

Entre os cinco, incluindo Carla, o caixão com os restos mortais de Maria Jesus aproximava-se lentamente do túmulo. "Agora tenho de sair", informou o coveiro, "quero dizer, tenho de largar aqui para ir buscar uma urna lá em cima". Ninguém disse nada, o homem saiu e Carla não apreciou muito o peso extra, agora que eram apenas quatro os que estavam segurando.

Ela viu-o subir as escadas com uma agilidade certamente notável.

Ela viu o padre afastar-se. Ela viu que Lola tinha desaparecido.

Ela viu que estava escorregando uma lágrima grossa como seiva de árvore moribunda pela bochecha de César para se perder nos grossos pelos da barba.

Os dois funcionários da funerária empurraram o caixão por cima da rampa de madeira. Eles viraram-se e saíram calmamente. O coveiro foi quem acabou de colocar o caixão no túmulo ao mesmo tempo que o padre iniciava uma reza que lembrava muito aquela que os dois tinham ouvido na sala oito da funerária fazia pouco. As mulheres fizeram o sinal da cruz. Os dois não o fizeram.

—✗—

PASSADO, FUTURO E PRESENTE DO INDICATIVO DO VERBO QUERER

O adeus foi rápido. O agente funerário foi na direção oposta à dos empregados do cemitério, também sem dizer nada, talvez em busca de outro morto, outra morta. De qualquer forma, para continuar com o ciclo da vida, que é sempre um ciclo que termina mal. Em um cemitério. Numa urna, após a cremação. Com sorte, sobre as ondas do mar ou voando do alto de uma montanha, como nos filmes. O padre apertou-lhes as mãos e transmitiu seus sentimentos com a mesma frieza vaticana que seu colega na funerária.

Algumas mulheres começaram a falar com César: "Como você está; que grande perda; que susto; quem imaginaria; nós não esperávamos; mas ela estava doente?; nós não somos ninguém; nós temos que viver a vida; estamos aqui para o que você precisar". E uma delas, inconsciente ou rude, ou quem sabe por que, disse uma coisa louca, pelo menos foi naquele momento: "Não se preocupe, homem, você é jovem, e você é bonito, vai encontrar uma mulher que vai cuidar de você". Carla afastou-se porque sentiu o seu celular vibrando na bolsa. Não *o seu*. O celular da mulher morta. Felizmente, ainda estava no silencioso. Ela se afastou das mulheres e de César, assustada.

E não era por menos porque ter aquele aparelho ligado dentro da bolsa (e veja o que César lhe disse, "o melhor é jogá-lo em uma caçamba", mas ela nem se lembrou, estava lá desde ontem; os fantasmas que a visitavam durante a noite e que dormem com ela na cama, todas aquelas vozes que se amontoam em seu coração, ontem muito mais desconectadas do que qualquer outro dia, – e com motivo –, nada foi dito para desligar o celular, ou jogá-lo fora. "Não, não no lixo", iria replicar outro fantasma. "Não no lixo. Tenho certeza de que a polícia está passando por todas as suas merdas para ver se o celular tinha ido para os detritos domésticos, entre os remanescentes da vida; e então eles voltarão para sua casa, mas não de maneira civilizada e tranquila, como fizeram quando os chamou para avisá-los sobre a mulher morta no corredor". Não, desta vez a polícia de choque, operações especiais, a polícia montada entraria pela porta para perguntar o que estava fazendo com o celular da falecida, "por que não nos disse? O que tem a esconder? Nós lhe perguntamos algumas vezes: você viu o celular? Sabe onde está o celular? Vai ver que o que há de estranho na autópsia tem a ver com você, sim". Por que não ouviu a César? "Você nunca me ouve.", disse Javier, "Por que não ouve quem sabe mais do que você? Por que não ouve se é meio idiota e não sabe nada? E eu disse essas coisas por muitos anos de casamento. Eu não sei porque te amei". E Javier disse uma vez: "Eu não consigo imaginar que diabos eu vi em você, sua idiota." "Nem eu", ela diria. "Eu não sei porque te amei, se é que te amei". E teria dito tudo isso se tivesse tido a coragem de responder a ele. "Eu também não sei porque te amei, e não sei porque fiz tudo que fiz por você; e que só agora entendo que fiz isso por mim". Sim, ela tem de se livrar do celular hoje, em uma caçamba, melhor seria que pegasse um navio, por exemplo, o que faz a linha entre Vigo e Cangas, para jogá-lo no meio do mar. Quem o encontraria lá submerso nos abismos entre os mexilhões e os galeões do Capitão Nemo?). Assim que ela o ligou, era possível que alguém telefonasse, especialmente a polícia, que de fato tinha de ser a polícia que ligava, – aquele número muito longo que já tinha aparecido várias vezes devia ser, sim, da polícia –, o mesmo que agora aparece na tela, exigindo atenção, e ela tirou o celular de Maria Jesus. E César viu que sim, pegou o celular, aquele celular rosa com capa rosa, e viu que estava falando sério *(não me repreenda por não jogá-lo fora, não me repreenda por não ouvi-lo; não me repreenda, não quero que ninguém me repreenda mais, estou farta que todos me ataquem)*, e ela viu que ele estava olhando para trás, para um ponto distante e mais atrás, que ele estava olhando para algo que estava atrás dela e que aquele olhar era para avisá-la, e talvez fosse por isso que ele estava arqueando as sobrancelhas. Então ela virou-se para ver a agente vindo com o celular no ouvido, aquela policial que lhe tinha pedido em casa para investigar se a mulher morta tinha uma apólice de seguro de vida ou morte ou o que quer que fosse para ajudá-la a fazer aquela viagem final facilmente. A mesma que tinha aparecido no dia anterior para perguntar sobre o celular da mulher morta, a mesma que tinha anunciado que havia algo na autópsia, a mesma que tinha dito que estava ligando para o celular de Maria Jesus fazia muito tempo e ele estava tocando e ninguém atendia, e Carla percebeu que tinha de guardá-lo rapidamente. O que ela estava fazendo com o celular da mulher morta na frente da pessoa que estava ligando para ela, que é policial e também está procurando o celular (embora ela não precise saber que aquela coisa rosa e pegajosa é o celular que está procurando)? E isso seria por causa de seus nervos ou, sim, de fato, porque é desajeitada e então cometeu o erro estúpido e infantil de apertar o botão de desligar e cortar a ligação. Ela se virou e ao guardar o celular viu a policial tirando o aparelho do ouvido e parando para olhar para a tela, surpresa que sua ligação tivesse sido cortada, sem dúvida uma surpresa mais do que justificada, pois até agora o celular estava tocando e não sendo atendido, mas agora, pelo menos desta última vez, quando ela ligou, cortaram a ligação. "Então o celular está nas mãos de alguém", essa foi a primeira coisa que lhes disse depois de dar, desta vez sim, a mão a ambos e dizer-lhes novamente que sentia muito. "É tudo muito estranho, o celular da namorada dele está por aí nas mãos de alguém". "Como é que você sabe?", Carla perguntou, com uma frieza muito estranha e inesperada, especialmente considerando que a policial tinha se aproximado de César. "Como você sabe?", ele repetiu a pergunta num tom que não era, mas estava perto do desagradável. "Eu sei porque liguei e desligaram". "E quando foi isso?", perguntou César de uma forma muito mais convincente do que ela, com um ponto de ansiedade na voz para fazer parecer uma verdadeira ansiedade, um verdadeiro interesse. "Há cerca de meia hora, há cerca de meia hora, sim, eu liguei e desligaram", a policial diz isso e ambos sabem que ela está mentindo, o que não foi há meia hora e sim agora mesmo. "Não deixe de me dizer se souber alguma coisa sobre isso, o celular é crucial". "Por que, agente? Por que é crucial? O que há na autópsia da minha namorada? Já cansei disso de esconder informações de nós, ponha-se no meu lugar". A policial olha para ele firmemente, mas o olhar não é duro, nem compreensivo, é o olhar de uma policial que sabe algo que o resto não sabe e não saberá, pelo menos por enquanto ninguém mais saberá, saberemos, se necessário, o que está escondendo. "Veja, entendo sua dor e sua preocupação, e até mesmo seu desconforto com nosso silêncio. Mas você não é da família direta da falecida. Na verdade, nem você nem ninguém. Essa mulher é um enigma absoluto, ela não tinha família registrada em nenhum lugar, e tenho rastreado desde ontem todas as marcas que poderia haver dela por perto, e é tudo muito estranho. Por exemplo, a conta bancária, você tinha alguma ideia de que ela estava praticamente no zero?" *Essa é boa*, pensa Carla. *Isso não tem pé nem cabeça*. "A conta está no zero", Carla repete, intervindo novamente, embora sim, claro, a policial estava determinada a falar com César. Os olhos de Carla viajam rapidamente para César, mas o seu olhar não diz nada. "Eu não entendo", ela diz à policial. "O que é que você não entende?" "Não entendo que me diga que ela tinha a conta a zero". "E por que é que diz isso? Tem alguma informação sobre isso que eu não saiba?" "Eu não tenho nenhuma, não, mas é estranho que ela tivesse a conta zerada porque era uma mulher que se matava de trabalhar, e economizava e economizava. Ela me disse mil vezes que trabalhava assim e economizava quase tudo o que podia para pagar a casa, para pagar a piscina, para ter algo para usar quando fosse mais velha. Olha, aqui o namorado dela pode te dizer, ela trabalhava em várias casas, não só na minha". César não diz nada, o gesto dele é inexpressivo, ele não solta nem um leve sorriso que sirva para confirmar ou negar, para lhe dar corda e tornar o seu discurso mais convincente. "Trabalhava na minha e em várias outras". "Oh, sim", interrompe a policial, "e sabe quais, ou alguma delas pelo menos?", ela pergunta, enquanto tira um livreto, como nas séries de TV, de um dos bolsos na parte de trás da calça do uniforme, com a intenção óbvia de anotar os endereços que vai receber e que não esperava. "Mas eu não sei, eu nunca falei muito com ela". (Carla não lhe dirá que a conversa mais profunda que travara com ela teve a ver com a ausência de prazer sexual com os homens; e ela não lhe dirá, além disso, que o que lhe disse naquela conversa tinha de ser mentira, e claro que ela não dirá como sabe, ela não dirá que, mesmo que fosse verdade, que a mulher morta não sentia, que ela era *anorgásmica* ou o que quer que fosse, ela não dirá que ontem ela teve um orgasmo atrás do outro, pelo menos três, na cerca de meia hora que ela e César se dedicaram ao amor.) "Talvez você que era namorado dela possa me dar um nome, um endereço, um número de telefone, alguma referência para tentar saber alguma coisa mais". César tosse um pouco e nota-se que é para ganhar tempo. "Há quanto tempo vocês saíam?" "Pouco, agente, realmente pouco". "Mas quanto é um pouco?" "Bem, dois meses". "Ok, muito bem, dois meses", ela escreve em seu caderno. Todos já tinham ido embora, só eles, os três, em suma, os três e muitos mortos dentro das suas caixas e nos seus túmulos, alguns deles com vista para o rio, muito atentos ao que se passa ali. "A verdade é que eu também não sei onde ela trabalhava, eu nem sabia que ela trabalhava na casa da Carla, só nos conhecemos ontem", diz César. A policial continua a escrever no seu caderno. "Bem, eu acho isso realmente incrível, e perdoe-me por dizer num momento em que sei que é tão difícil para você, que não possa me dizer nada sobre ela que me permita saber mais alguma coisa". "Talvez", diz César, "talvez fosse mais fácil se você nos informasse (Carla está animada com o uso desse plural) o que está procurando, talvez então nós pudéssemos ajudá-la". A policial permanece igual, sem alterar o gesto ou o olhar ou o semblante, como se tivesse um rosto de cera ou uma porta de chumbo diante dos olhos, e continua com seu discurso, como se não tivesse ouvido a interpelação do homem, essa falta de humanidade é sempre, e só, uma prerrogativa da Autoridade. "Parece incrível que nem mesmo você, senhor, me esclareça nada. Bem, eu posso entender sobre essa senhora, porque, afinal, imagino que a falecida entrasse, trabalhasse e saísse de sua casa, fizesse o que tinha de fazer. Mas é muito mais difícil para mim, assimilar, acredite, apesar de serem namorados por pouco tempo, que não conhecia sua casa. Nunca foi àquela casa enorme onde ela morava perto do monte?" César agora muda a postura. "O que você está tentando me dizer, você quer me acusar de alguma coisa, oficial, eu tenho de me preocupar com alguma coisa?" César fala rápido, muito irritado. "Escreva aí que eu estava com ela fazia apenas dois meses e que eu nunca fui à casa dela, e ela, claro, também não foi à minha. Nós íamos transar num motel, se é isso que você quer saber, no motel perto do estádio Balaídos, escreva isso aí, porra, escreva!" Ela o olha muito tranquila e sem perder a calma, mesmo que o namorado da mulher morta a tenha perdido, e segura o caderno. "Não vou acusá-lo de nada porque para acusá-lo tem de haver uma investigação aberta, e aqui por enquanto não há investigação nem nada. Sua namorada, se é que era sua namorada, porque imagino que também não possa provar isso, você não tem fotos ou algo no celular para me provar isso, sua namorada morreu, fomos buscá-la, e precisamos do celular dela, é isso, pelo menos é tudo o que vocês precisam saber por enquanto". Carla assiste à conversa e fica muito nervosa, e tem certa taquicardia dentro do peito. "Para que isso, policial, não percebe que estamos sofrendo?" (Ela fala também no plural, se sente autorizada a falar assim.) "Você acha que este pobre homem está aqui para suportar sua grosseria?", Carla está ciente de que esta é muito provavelmente a primeira vez que levanta a voz na vida. Nem mesmo quando as coisas com Javier ficaram feias ela foi capaz de gritar. Muito pelo contrário. Quando tudo começou a desmoronar, quando ficou claro que Javier estava tomando um caminho e que não a esperava como companheira, quando as brigas eram diárias e então, era possível vislumbrar o fim, mesmo com certo exagero pueril do mal de ambos os lados, ela nem sequer foi capaz de levantar a voz. E tinha acabado de fazê-lo pela primeira vez. E acabou de fazê-lo, além disso, diante de uma autoridade. A policial está agora olhando para ela pela primeira vez desde que lá chegou com o celular na mão, perguntando-se se sua chamada tinha sido recusada. Mas é só por um momento. Ela se concentra novamente em César, "sabe, não precisa se preocupar (pausa), a princípio (pausa, olha para o chão, depois para os olhos do homem), com nada. Se por acaso precisar de você para algum assunto relacionado a isso, vou telefonar. Não é minha intenção incomodar, especialmente num dia como o de hoje. Mas nos impressiona o fato de que Maria Jesus vivia com uma conta absolutamente zerada, que a casa era paga em dinheiro, com uma quantidade imensa de dinheiro, como você pode imaginar, e que não há nenhuma declaração de impostos. Claro que ela trabalhava sem registro, não admira, sendo uma funcionária doméstica, porque sabemos que ela não tinha contrato com você, mas não se preocupe, vamos ignorar esse detalhe por causa do quão bem se comportou cuidando do funeral quando não precisava. Estamos todos um pouco surpresos. E o nosso médico legista ficou intrigado com algo que saiu na autópsia. Mas não é sobre isso que eu vou falar. Eu insisto, se o celular aparecer, me ligue. E se você, que deve tê-la conhecido bem, já que era namorado dela, como você diz, lembrar-se de algo que possa ser do nosso interesse, então me ligue também". Carla fez uma pergunta óbvia: "Do seu interesse para que, policial, o que você está procurando, como saberemos que algo é interessante?".

Ela acalmou-se quando sentiu os braços de César a abraçando por trás.

Eles a viram partir e foram deixados em paz. Os mortos deixaram de colar as orelhas dentro do túmulo, e não havia mais nada interessante para olhar. Carla foi dominada por um sentimento estranho que nunca tinha experimentado antes. Um estranho sentimento de cumplicidade. Um estranho sentimento de cumplicidade com César, no sentido mais policial da palavra. Ambos tinham escondido a mesma coisa daquela policial insuportável. Estava feliz. Idiota e absurdamente feliz. Tanto que ela pegou o seu próprio celular, procurou na última mensagem de Javier e escreveu: não, não vou te ligar, já falamos sobre isso, de que raio você quer falar? Pare de fazer asneiras e de estragar tudo. Vá à merda.

César virou-se para o túmulo. O coveiro tinha levantado as três coroas que cobriam a tábua de cimento que, até alguns dias, serviria de porta de entrada para o túmulo, até chegar a correta. O agente da seguradora Rafael Bazán, que tanto a tinha ajudado, havia anotado tudo o que deveria escrever na lápide que seria colocada dentro de alguns dias. "Nós não temos mais nada para fazer aqui", disse ele. "Aqui não temos mais nada para fazer", ela repetiu, "e o que você quer fazer?", perguntou como se não tivesse nada para cuidar, uma vida para levar, um destino para cumprir. "Eu quero tirar algumas fotos suas".

Ele disse: *quero tirar umas fotos suas*. Ele não perguntou: *você quer tirar algumas fotos?*, ou *eu tenho sua permissão para tirar algumas fotos?* Ele disse: *eu quero*. Presente do verbo *querer*. Ela disse que sim. E depois, como por magia, ela parou de tremer. Então Cesar acrescentou: "E eu prometo que não vai ser como ontem".

RETRATOS DA VIDA

"Venha, sente-se aí". Ele aponta para o mesmo lugar onde ela se sentou ontem e onde a deixou ver o livro de mulheres que ele havia fotografado durante anos. "Vá para a última página". Morrendo de medo, ela tomou o livro nas mãos. "Revelei ontem. Não retoquei nada". Ela abriu a última página. E lá estava ela. Era ela na foto no dia anterior.

Era ela antes.

Ela agora estava ali sentada olhando para si mesma.

Ela se viu abraçada por uma profunda e bela sensação de calor.

Foi dominada por uma curiosa forma de emoção e um desejo de chorar. Ela sentiu, também, um buraco no esterno. "Eu não posso acreditar. Você precisou retocar". "Eu não toquei em nada, como falei. Eu revelei. Coloquei você no álbum. Se me der permissão, você estará na exposição. Quando eu tiver o dinheiro, claro. O dinheiro para os quadros, mas também para uma publicação que quero fazer para vender, um catálogo, isto é, o habitual numa exposição de arte". "Sim", ela disse, mas era uma afirmação que estava fazendo de longe, maravilhada com o que estava vendo, convencida, mais uma vez, de que estava recuperando uma ideia que ela pensava ter sido esquecida, que a vida é algo pelo que vale a pena lutar.

—x—

FOTO #1

A fotografia, tirada apenas alguns minutos antes de ele ter lhe tirado a roupa muito lentamente, com aqueles dedos grandes com alguns pelos sobre as unhas, mostrava uma Carla ligeiramente desgrenhada, mas não era negligência aquela desordem, e ela nem estava realmente desgrenhada. O que aconteceu foi que ele a pegou assim, um pouco sem aviso, no momento de tirar a fotografia.

Na verdade, era um cabelo desgrenhado capturado na foto no momento preciso e exatamente no segundo após ela ter passado a mão pelo cabelo para tirá-lo dos olhos.

Foi quando ele tirou a foto e foi por isso que ela saiu assim.

—x—

FOTO #2

A fotografia, tirada apenas alguns minutos antes de ele ter lhe dito "fique descalça, esses sapatos parecem muito apertados", e a verdade é que eles não estavam apertados, não, nada apertados, eram saltos baixos, quase planos, muito confortáveis, que não incomodavam nada seus pés; talvez muito grandes para uma mulher tão pequena; mas foi ele que decidiu que era melhor tirá-los, e ela se lembra agora, ela se lembra de que foi naquele momento que realmente se sentiu nua, de que foi naquele momento que percebeu que talvez estivesse começando uma viagem para um lugar de onde não poderia mais voltar. Que absurdo, ela se sentiu nua quando tirou os sapatos, porque ele lhe pediu ou lhe ordenou que tirasse os sapatos; a fotografia mostrava Carla olhando para um lado, especificamente para a esquerda, curiosamente o lado oposto àquele onde ele tinha ficado em pé, quase colado ao lençol branco. O fundo era como uma parede suja.

Carla estava olhando para o lado e o seu olhar era sombrio, escuro e bonito.

—x—

FOTO #3

A foto, tirada poucos minutos antes de ele se aproximar dela e beijá-la, sem pedir permissão e sem perguntar, primeiro nos ombros, começando pelo pescoço, descendo, molhado, em direção ao começo dos braços, empurrando com o osso da boca a blusa amarela que foi aberta para sair no ar, do lado direito, as alças do sutiã branco (*não um dos melhores*, pensou Carla naquele momento, mas ela só ficou preocupada por um segundo. Uma mão de César, a que não segurava a câmera, ou seja, a mão esquerda, desabotoava, tranquila, os cinco botões da blusa, deixando tudo de fora), mostrava uma Carla serena e bonita. Foi ele quem decidiu que a vida dos dois seria uma aposta, que eles pulariam um muro sem saber o que havia do outro lado, se era um terreno sólido ou um abismo. Nesse mesmo dia tinham acabado de celebrar a terrível cerimônia da morte, da despedida e do adeus. Ele não perguntou. Ele apenas a beijou e continuou descendo sem tirar nem por um momento sua boca ligeiramente aberta, seus lábios ligeiramente abertos, daquela pele que tinha um pouco de sal e que reverberava a cada novo avanço daquela língua para se perder no lugar onde os seios são apertados por um sutiã que talvez tivesse de ser um tamanho ou dois a mais, pelo menos naquele momento excitante. Ela fechou os olhos e sentiu. Ela não sentia havia centenas de milhares de anos. Ela começou a sentir e reparou que estava em casa. Pelo menos em uma casa gentil onde ela sabia que iria gostar de viver os minutos daquele assédio ao seu corpo para o qual ela não fora convidada, mas que concedia sem ser convidada.

—x—

FOTO #4

A fotografia, tirada alguns minutos antes de ele ter tirado a blusa, desabotoado o sutiã e soltado completamente os seios, mostra Carla segurando o rosto com a mão esquerda. O dedo indicador esticado parece apontar para um olho. O dedo maior, o dedo médio, perto dos lábios, está na borda, quase entrando na boca.

Os dentes superiores dela estão aparecendo um pouquinho. No geral, uma bela mulher.

—x—

NOTAS PARA UM CATÁLOGO

César tirou seu caderno de anotações. Era um bloco de notas pequeno, como um livro de bolso, branco e com uma janela desenhada na capa. Eram anotações que ele fez com a ideia de mais tarde trabalhar nesses textos para o livro da exposição.

Ele escreveu: *Nós somos como eles nos veem, mas também somos como nos vemos. Como disse o filósofo, o olhar do outro pode ser o olhar do mal. Mas eu acrescento que também pode ser o aspecto do bem. Porque, quando olhos limpos nos veem, ficamos melhor. Mas um olhar infectado é um câncer que entra nos olhos, nos nossos olhos, nos olhos que nos deixamos ver, nos olhos de outros e, sobretudo, dos outros que nos veem.*

O fotógrafo passou uma tarde com C. Ambos foram um quórum suficiente para a plateia exagerada dos sentidos. Mas ele só tirou uma foto dela. Talvez o fotógrafo tenha sonhado em algum momento que tinha tido uma deliciosa noite de amor com ela depois de um funeral. Talvez tenha sido um pesadelo de sua razão, aquele dito pelo pintor que produz monstros. Seja como for, a mulher esteve com o fotógrafo durante uma tarde de chumbo depois de um enterro com cimento que talvez tenha sido um sonho e no qual lhe roubaram a vida, ou a morte, um pouco de alento, apesar de tudo. E aqui estão todos os seus retratos.

Vamos chamá-la de modelo C. Uma amiga em comum trabalhou com ela, e isso é o máximo que estamos dispostos a revelar neste catálogo sobre a sua identidade. Na foto 1, ela está ouvindo música em um celular rosa, um pouco ingênua, com fones de ouvido. O fotógrafo lhe disse: "Abra um pouco as pernas. Não é uma imagem rude ou provocadora. Apenas feminina. Para que se saiba que você é uma mulher. Que nós, homens, não sejamos capazes de voltar ao apelo, que vem de algo mais profundo do que os tempos das cavernas". Ela abre as pernas como um pórtico, um prenúncio, um prólogo para a coroa sagrada da vida.

Na foto 2, C. está de perfil. Ela divide o cabelo com as duas mãos, fazendo uma linha no meio. O seu seio esquerdo está maravilhosamente marcado. *Esta é a beleza natural da mulher comum que estamos procurando neste projeto artístico. Na foto 3 ela olha para a minha máquina fotográfica. Ela tinha pintado os lábios de vermelho de propósito, participando do meu jogo de procurar o contraste entre o branco do seu rosto e o vermelho dos seus lábios. A foto foi difícil para nós. Acho que tanto o fotógrafo como C. ficaram envergonhados com certas coisas molhadas de reminiscências comuns. Finalmente, me arrancou uma das câmeras, gritando, mas com o espírito festivo, disse vou tirar uma foto de você. Foi aí que o conseguimos.*

Na foto, se prestar a devida atenção, você pode ver a respiração dela. Também se pode sentir o cheiro.

Além das fotos que incluímos neste catálogo, decidimos que a que seria exposta seria a de número 2.

—x—

TEORIA E PRÁTICA DO POSAR FOTOGRÁFICO: A CALMA E O DESVELAMENTO

Carla tem uma caixa no depósito cheia de fotos, uma grande caixa de papelão, por fora uma caixa com estampa de flores, azul, como papel de parede de um filme sobre uma obra de Jane Austen. Ela não vai lá há muito tempo, por isso já não vê há muito tempo. A maioria delas está com Javier. As fotos iniciam-se quando começam a fazer palhaçadas e terminam quando tudo, precisamente, termina; quando se corrói a sua história, dias, minutos e segundos. Ela nunca fica bem nas fotos. Ou até algum tempo atrás, achava que não ficava bem nas fotos. Na do casamento, aquela que Javier escolheu emoldurar e colocar no quarto dos dois, ele está atrás dela, com um terno azul e bigode. Ela, num discreto vestido de noiva, praticamente sem cauda, segura um pequeno ramo de flores nas mãos, abre ligeiramente a boca e os olhos estão quase fechados. Não era uma boa fotografia. Mas Javier parecia bem, e a verdade é que naquela foto ele está bem. Ela não gostava de posar. Javier lhe disse: "Você nunca fica bem nas fotos, você sempre sai com o rosto assustado", e ela incorporou isso. "Então sim, de fato, é melhor que eles não tirem fotos de mim, eu sempre saio com o rosto assustado, bem, eu não sei se eu saio ou se eu tenho um, mas em todo o caso eu saio mal, minha expressão é sempre tensa, como alguém que está com dor de cabeça ou muitas preocupações, ou simplesmente alguém que acha difícil viver".

César explicou-lhe que ia tirar muitas fotos dela, disse isso e sentou-a no mesmo lugar do dia anterior e tirou fotos dela, pedindo-lhe para passar a mão pelo cabelo e olhar para a câmera sem medo. Ela estava prestes a confessar: "Olha, César, eu sempre pareço mal, não sou uma daquelas modelos que você tem fotografado em toda a sua vida, nem sequer sou uma daquelas mulheres normais, como você diz, uma mulher de beleza comum, eu não sou nada bonita"; e ela estava prestes a dizer: "Olha, César, prefiro que não tire fotografias. A outra, se saiu tão bonita, foi por acaso, sem querer, porque eu saio sempre mal, prefiro que você me poupe o embaraço de me dizer, amanhã, depois de um ano, sempre que me ligar para me dizer, *olha, eu revelei todas as fotografias e a verdade é que não há uma única de que goste*". Mas ela não disse. Ela apenas obedeceu, e a verdade é que obedeceu alegremente. E ela pegou um ventilador porque estava quente e ele tirou fotos dela enquanto estava se refrescando, o rosto dela vermelho e sufocado. E pintou os lábios de vermelho escuro, como ele tinha pedido. E foram cerca de duas horas que eles passaram ali brincando, porque na verdade era um jogo. Ele os fez viver assim, um jogo não sexual. Na verdade, os acontecimentos, ou, para ser mais preciso, o acontecimento do dia anterior não estava circulando ali – pelo menos não em sua cabeça –, e não porque não o considerava importante – o que era –, mas porque eles estavam fazendo outra coisa, e pensou, quando percebeu isso, que estava relaxada, que estava feliz, que achava ser finalmente adulta, que finalmente estava livre, que finalmente era uma mulher, que finalmente era capaz de dizer em voz alta (e o faria se estivesse sozinha em casa, por exemplo) que odeia Javier. Ou talvez não seja que o odeie. "O ódio é um fardo, o ódio é uma mochila que não se deve carregar atrás de si", ela diria, ela gritaria, ela daria palavras a um sentimento: "Javier, você já ficou para trás. Ele só teve de me deixar ir um dia, pelo bem disso. Só tinha de parar de pensar o tempo todo em como tinha de acertar com você e com o mundo".

Ele pediu que ela se levantasse e se encostasse ao batente da porta. Ele pediu que ela pusesse uma mão sobre o rosto, cobrindo a boca, não porque fosse feia. "Eh, nada disso", ele esclareceu como se estivesse enxergado os seus medos. "Você tem a boca bonita, e é porque vai te dar o olhar enigmático de uma mulher fatal" (riram). E pediu a ela que o acompanhasse até o escritório e lá a apoiou contra a estante, pediu que olhasse muito seriamente para a câmera e ela olhou. E ela sentiu-se, repetimos, relaxada, como ele insistiu que ela deveria estar, relaxada. "Você ficará linda, sem dúvida". E tão relaxada e festiva ela foi, que acabou tirando a câmera dele para ameaçá-lo com uma foto. E ele disse: "Eu te desafio". E ele repetiu. "Eu te desafio a tirar uma foto minha". E ela sentiu as pernas tremerem como no dia anterior, e talvez por isso ele tenha decidido que era hora de parar, e talvez por isso ela tenha dito que era tarde e que estava indo para casa.

—x—

UMA MULHER DE VESTIDO PRETO

No dia seguinte, Carla acordou surpresa ao ver sua perna direita ocupando o lado direito da cama. Ela ligou o celular e recebeu duas mensagens. Uma de Javier: quanto tempo vai ficar sem falar comigo?; a outra, de César: quando puder, me ligue.

Ela digitou o número (é óbvio qual) e ouviu a voz dele do outro lado, saudando-a com um bom-dia que para ela não parecia sonolento, mas melancólico. "Como você está?" "Estou bem. Vou passar pelo cemitério mais tarde, mas eu gostaria de ir sozinho. Você se importa?" Ele pergunta antecipando a pergunta dela, uma pergunta que ela não fez, antecipando-se a um hipotético pedido de permissão para acompanhá-lo que nem sequer lhe passou pela cabeça. Ela diz "não, claro que não", ela acha essa pergunta um sinal de ternura, um gesto doce e delicado. "Não acha que é errado?" "Como posso achar que é errado? Devia ir sozinho, ela era sua namorada, é normal que queira estar sozinho com ela lá". "Obrigado, Carla". "Não diga isso, César. Seria bom. Não tenho o direito de exigir nada de você, sabe disso. O que aconteceu não vai mudar as nossas vidas por completo, certo?" Ela ficou feliz por se ouvir dizer isso. Antes não teria sido capaz de pensar uma frase dessas. Antes: *o amor é para sempre, sexo, com quem você escolhe compartilhar sua vida.* Hoje: *isto é o que é. Já aconteceu. Foi incrível e lindo. Mas é só isso. Não se sinta pressionado, César. Não vou te pedir nada. Nunca.*

Carla acaba de descobrir uma dessas verdades que obviamente não sabemos ou esquecemos ou nunca temos em mente: o racional nem sempre é o lógico. Se as pessoas assumissem essa certeza, seríamos mais capazes de lidar com as coisas do coração e com as coisas da vida. O seu comportamento, respondendo dessa forma, relativizando o que aconteceu entre eles, que foram para a cama, que ele abriu o seu corpo para que o animal ferido se esvaziasse de dentro dela, que ele fez isso, sim, mas não é tanto, está sendo lógico, mas não racional. E está tudo bem. Porque lógica e racionalidade, repetimos, não são a mesma coisa. Quem passar dois minutos refletindo sobre isso vai perceber que estamos certos. É por isso que acrescentamos: devemos ser mais lógicos no que fazemos, no que não fazemos, no que fazemos a tempo, no que nunca ousaríamos fazer, mesmo que a sociedade nos diga que devemos, e assim por diante, deixando-nos guiar pelos nossos santos corpos, que sabem bem o que é bom para nós, e são menos racionais (menos senso e mais senso comum, porque continuamos a forçar a semântica).

Talvez assim pudéssemos desfrutar do amor em toda a sua maravilhosa grandeza.

"Quando você quer me encontrar?", ela pergunta, presumindo que ele vai querer encontrá-la hoje. Ele hesitou um pouco. "Melhor no meio da tarde, está bem? Por isso faça as suas coisas com calma de manhã, está bem?" Ela não lhe diz que não tem nada para fazer, que a casa está mais ou menos arrumada (ela percebe que a partir de amanhã terá de falar com a agência para que enviem outra pessoa), que não tem outro plano que não seja sentar-se e ver televisão, preparar algo para comer e pouco mais, e que esse é um plano, a propósito, um grande plano, a propósito, no qual Javier não está e não pode estar porque provavelmente começa agora a compreender que tudo acabou para sempre; começa a compreender e a respirar isso, começa a compreender que uma pausa também é superada, assim como a morte e o esquecimento e a infidelidade e o desaparecimento daqueles que amamos, e que tudo é superado. "Às sete?", ela propõe. "Não... antes. Para que possamos aproveitar alguma luz", diz ele. "E onde quer que nos encontremos?" Ele não hesita desta vez e diz a ela que perto da Alameda, para que possam dar um passeio, se quiserem, claro, pela zona náutica, para um passeio calmo. "Eu estarei no centro, por isso nos encontramos lá".

Depois de combinados os detalhes, Carla passou o dia tranquila, comeu pouco e se vestiu depois de descansar vendo na TV um filme que provavelmente já havia visto em algum momento da infância, em preto e branco, depois do almoço de domingo ou sábado com seus pais. Eram aqueles tempos, os da infância, quando, como disse o tópico, tudo era fácil e as coisas, a vida em sua totalidade, fluía lógica e inquestionavelmente normal.

    Cerca de quinze para as sete, ela saiu pela porta. Decidiu que estaria toda de preto, com um vestido justo e um chapéu pontiagudo, é difícil explicar como era, mas era com um acabamento pontiagudo. Muito casual, seria como o descreveriam numa revista de moda; estranho, seria como Javier o descreveria. Talvez ele também teria gostado daquele chapéu, daquele vestido, mas a verdade é que, enquanto eles estavam juntos, ela nunca ousou, e ele nunca esperou isso. Vestido preto justo. Um chapéu de ponta. E um casaco de malha. Ela estava bonita, apesar de não se fazer bonita para ele. Nem para si. Ela só estava se sentindo bem com essa roupa. Já fazia muito tempo que não se sentia bem. Bonita como uma bela mulher que sabe que está bonita hoje. Nem sempre ou todos os dias. Hoje e agora. Amanhã talvez não. Mas hoje sim.

— ✗ —

PELE

Na rua ela sentiu o frio úmido da noite, uma força gelada que rastejou entre as pernas e a fez questionar se a escolha do vestido tinha sido uma boa decisão para aquela época de frio e falso inverno no meio do verão, e talvez pudesse ter colocado uma calça mais grossa. Ela ficaria gelada durante a caminhada. Mas já estava feito. Tinha quinze minutos para chegar à Alameda, mas não precisou esperar muito tempo, pois praticamente esbarrou em César, que estava saindo de uma loja, é claro, para tirar uma foto. Eles comemoraram rindo do quase acidente. Ele colocou um braço atrás das costas dela para beijá-la e ela deu-lhe um beijo consciente na bochecha morena de viking. "Vamos a pé?" "Sim, acho que estou com vontade de caminhar", disse ela, e de repente aquele frescor que inicialmente a assustara ao sair de casa era agora uma carícia agradável que a lembrava da intensidade da vida.

O passeio começou na Cidade Velha. Eles subiram e desceram as ruas até chegarem aos Berbés e encherem os pulmões com o cheiro azedo de peixe arrancado do mar. Continuaram ao longo das Avenidas, protegidas pelo Clube Náutico. As pessoas foram desaparecendo para ir jantar, tornando-se uma comitiva cúmplice que sumia para deixá-los em paz. E eles caminhavam e conversavam. Na maioria das vezes ele falava. Aquele homem era realmente uma cascata de palavras. Ele falou de mil coisas e todas elas pareceram fascinantes para Carla; todas elas engraçadas, todas elas provas de uma inteligência suprema. *Tenho certeza de que não era tanto assim.* Ela estava ciente de que exagerava em sua percepção sobre ele. Falou sobre a relação entre arte e poesia. Carla, que nunca tinha pensado nessas coisas, ousou enunciar alguma teoria sobre o assunto que lhe soou mesmo bastante crível, ou pelo menos a pretensão de uma possível verdade. E, sem se aperceberem, eles voltaram para a Alameda. "Quer ir a pé para casa?" "Claro", disse, sabendo que o que ela queria era estender o tempo para estar com ele, apenas para estar, apenas para desfrutar dessa solidão inesperada que a vida (ou melhor, a morte) lhe tinha trazido sem ela esperar. Claro que ele quer continuar caminhando e não vai perguntar se é pelo mesmo motivo que ele sugere a caminhada, talvez algo absurdo, dadas as horas que são. "Venha, vamos embora". E eles foram. E eles voltaram para a porta dela. "É aqui que você mora", disse César. "Sim, você já sabe", disse ela. "Da minha sala posso te ver". Ela disse isso e sentiu novamente que estava muito frio. Ele pôs as mãos nos bolsos do casaco. "Bem, não me espie", disse ele muito silenciosamente, olhando para os lábios dela enquanto dizia. "Talvez não goste do que vai descobrir". "Não, não vou te espiar", ela disse ainda mais baixo. Talvez dois adolescentes numa porta agora se atrevessem a algo mais.

"Eu já vou, Carla. Gostei de passear com você. Apesar do fato ruim que nos uniu, o melhor foi conhecer você. Vou ao cemitério de novo amanhã".

—x—

TOQUE #1

No dia seguinte, ela acordou descansada.
Decidiu ficar na cama um pouco mais. De olhos fechados.
Ela não fazia ideia de que horas eram, mas também não se importava.
Ficou na cama de olhos fechados, seu coração tranquilo, a respiração calma, a vida submissa agora abafada.
Ouviu os carros passando na rua principal para abrir as pistas virgens no meio.
Sentia o alvoroço no mercado de Teis disparando o silêncio, mordendo a realidade no início do dia.
O som do celular de Maria Jesus, como um trovão, sem qualquer aviso de relâmpago, como um alarme da cozinha, brutal e metálico, fez com que ela saltasse da cama. Ela se aproximou para pegá-lo com todo o cuidado do mundo para não apertar nenhuma tecla, para não aceitar ou desligar. Para não fazer nada. O celular ficou em silêncio depois de tocar seis vezes. Ela voltou a colocá-lo na mesa. E tocou novamente e ela pegou de novo e olhou de novo e olhou para aquela fila interminável de números que são, já sabe, os números da polícia. Depois de seis toques, ele ficou em silêncio.

—x—

TOQUE #2

Havia café feito do dia anterior e ela não tinha vontade de fazer um novo. Esse servia. Ela sentou-se para o desjejum na mesa da sala. O celular de Maria Jesus tocou outra vez. Ela percebeu que não tinha dito a César que ainda o tinha consigo, guardado em casa. Ela recarregou-o todas as noites. E o celular toca, mais uma vez, o da mulher morta. E a campainha toca ao mesmo tempo. Estão ligando para a mulher morta (a polícia) e batem à porta (a polícia): "Carla, abra, eu sei que está aí, eu sou a policial que foi te ver no cemitério. Abra e não tente me fazer acreditar que você não está aí, estou ouvindo o celular de Maria Jesus enquanto estou te chamando. Abra".

—x—

AS MULHERES DOS CATÁLOGOS DE MODA NÃO EXISTEM

Quando abriu a porta, a expressão de Carla era séria. Também teatral. O gesto da policial, vestida com o mesmo uniforme da primeira vez em que lá esteve, recomendando que ligasse para as principais companhias de seguros de vida, e depois na funerária, perguntando pelo celular, e outra vez no cemitério, tão agressiva com César, foi mais expressivo do que em outras ocasiões. Mas também não muito mais. "Eu sei que você está com o celular, Carla, na verdade sempre soube". "Entre", ela disse, quando, na verdade, deveria fechar a porta. Talvez se o fizesse com muita força e estivesse suficientemente perto, podia bater-lhe na cabeça e talvez matá-la. Ela seria a segunda mulher morta na mesma semana na sua entrada. Esta aqui, com um bom motivo. "O que quer dizer com *sempre soube*?" Carla faz a pergunta e não se sente nervosa. "Ele tem o GPS ligado, Carla, não foi difícil saber, ele serviu como localizador. Sempre soubemos que você o tinha". "Então o que vai acontecer comigo?" "Contigo, nada, nada vai acontecer contigo, por que haveria de acontecer algo com você? Só quero que me dê e vou embora. Não preciso de mais nada". A maneira como Carla se dirige à mesa onde o café está esperando por ela, o tom de voz com que fala enquanto se senta à mesa, a maneira como cruza o seu roupão para que nada possa ser visto enquanto se senta para tomar o café da manhã, a faz lembrar de Bette Davis em algum filme de muito tempo atrás. "Por que me acusa?" A policial fecha a porta atrás de si e entra na sala. "O que está fazendo?", diz Carla, apesar de saber perfeitamente bem o que ela está fazendo ao fechar um pouco as cortinas, com cautela. "Não se preocupe. Eu sei que ele não está em casa. Ele foi para o cemitério". "Não tem o direito de estar aqui, tenho certeza de que não tem um mandado nem nada para entrar em minha casa". A policial fica perto da porta da sala, a uma distância coerente, para não intimidar. "Claro que não tenho um mandado. Mas posso ter um se quiser. Me dê o celular, eu sei que está com você. Estava ligando para ele agora mesmo e tocou. Eu ouvi de fora. Fiz de propósito para te pegar e para garantir que não podia negar". Carla pega uma fatia de pão e a põe na torradeira. Ela dá um gole no café preto absolutamente gelado porque não tinha colocado no micro-ondas antes. "Não pode me acusar de nada", repetiu. "Eu não estou aqui para te acusar de nada, Carla, só vim buscar o celular, já te disse. Me dê isso, por favor. E não vou te incomodar mais. Me dê e nós esqueceremos que você o manteve todo esse tempo sem nos dizer. Posso me sentar?" "O que disse?" "Perguntei se posso me sentar", assim diz a policial e senta-se sem esperar a resposta, e desabotoa o uniforme.

Carla põe dois cafés pretos no micro-ondas. "Vou vestir qualquer coisa, não vou demorar", e ela vai para o quarto para se vestir. Ela percebe que há pouco movimento no mercado hoje. A rua está misteriosamente sossegada.

"Obrigada pelo café. Preciso que me ajude". "Que a ajude em quê?" "Carla, relaxe, calma, não tenho nada contra você, nem pensamos nada de mal de você, só que por acaso está no meio disso". Carla aqui devia ter interrompido e pelo menos perguntado o que queria dizer quando disse *que por acaso estava no meio disso. No meio do quê?* Mas Carla, como sempre, não pergunta. "Só preciso que me ouça. Olhe para isto", a policial tira um envelope do bolso interior do casaco. "Estas são fotos nossas". "Sim, são fotos suas há dois dias, andando pela cidade, bebendo algo. Vimos que é isso que você tem feito". Carla dá um gole no café e finge parecer irritada quando fala, embora não pareça completamente. "Fomos seguidos!" "Sim, para sua segurança. Sim, era importante saber por onde você andava, para onde ia e, sobretudo, o que César queria fazer". Carla engole o café todo. "Olhe para estas outras fotos", a policial tira outro envelope. *Quantos mais ela vai ter lá dentro?* Também são fotos, mas todas de uma mulher, uma mulher muito bonita. Na primeira ela está com um chapéu vermelho ao lado de um poste de luz, em outra, com um short mínimo de caubói andando pela rua enquanto puxa o cabelo para trás; em outra, segurando uma pequena bolsa com uma mão embaixo do braço, vestido branco curto e enorme decote. E agora ela percebe, sim, peitos grandes, redondos, enormes, eles não parecem ser de silicone, são espetacularmente naturais; e ela se lembra claramente do que ele tinha lhe contado sobre a sua ex, que tinha seios redondos lindos e grandes. Ele tinha feito aquele gesto engraçado com as mãos em formato de tigela tentando representar o volume daqueles seios que, agora ela não tinha dúvida, eram, sim, maravilhosos. "Ele me falou dessa mulher". "Ah, sim?", a forma como a policial faz a pergunta deixa claro que ela está muito interessada. Carla está se preparando para falar, dominada pela incerteza fugaz daqueles que conhecem o frágil equilíbrio entre o que deve ser dito e o que deve ser mantido em silêncio. "Sim, ele me falou sobre ela". "E o que ele disse?" "Que ela era modelo". "E de fato era modelo". "Essas fotos (Carla as segura de novo, colocando-as como cartas gastas na mesa de um bar local) devem ser dele". "Sim, são, ele as tirou. As outras fiz outro dia, claro, com roupas de civil. Sinto muito pela intromissão, mas espero que você me entenda". "É melhor, policial, é melhor que eu entenda o que tudo isso significa", Carla pronuncia essa frase e deve ter soado tão convincente que nota um leve gesto de seriedade e preocupação na policial. "Me fale dessa mulher". "Essa mulher nas fotos teve um caso com César", Carla aponta. "De fato, vejo que ele lhe contou coisas". "Sim, oficial, temos conversado muito estes dias". "Eu sei". "Temos conversado, só que não mais, você entende", Carla agora é acometida por um medo, uma espécie de vergonha lógica por causa de uma pergunta que lhe vem à cabeça: *você sabe o que aconteceu no estúdio dele no mesmo dia em que sua pobre namorada morreu?* E tem vontade de perguntar: *desde quando você me segue, oficial? Você está ciente dos meus muitos orgasmos em seus braços? Eu acho que não, mas eu não me importaria de lhe dizer, e especialmente a Javier, que me amava tanto. Você vê, esse homem me amou melhor do que outro em uma vida, e eu lhe dei tudo. Esse homem me mudou completamente.* Carla, agora, depois de se ter ouvido, abrandou, para se corrigir: *não, não é exatamente assim que eu vou lhe dizer, oficial. Se vou fazer uma confissão, vou fazê-la como deve ser. Esse homem não me mudou em nada. Eu própria mudei. Chega de viver, de sentir e de ser para eles, não acha? César não me mudou em nada, estou apenas recuperando o que eu tinha antes. Consegui isso sozinha. Eu fiz isso sem saber que o estava fazendo. Talvez graças a ele, ou graças a mim quando o conheci e o tomei como reagente, eu mudei. Não sei como é que isso aconteceu.* Mas não diz nada disso, é claro. A policial não é informada dessas coisas. Nem a policial, nem ninguém. O importante é que ela o diga para si mesma. E ela explode de felicidade por dentro sabendo o que sabe agora. Porque depois disso nada será o mesmo.

Tudo vai ser muito melhor. Ela não tem ideia de como. Mas vai ser melhor.

A policial, que não ouve nada sobre esses pensamentos libertários, continua. "Portanto, vamos esclarecer isso. Ele teve uma relação de anos com essa mulher". "Sim". A policial se afasta. "Como assim?" "Ele teve uma relação de anos, se casou com ela, tem três filhos". A policial pega as fotos da sua mão num gesto irritado. "Mas o que você está dizendo? Esse homem nunca se casou na vida, esse homem não tem esposa e não tem filhos. Você está fazendo confusão". Carla fica olhando para a mulher à sua frente. Quantos anos ela deve ter? Trinta. Trinta e poucos. Ela está usando um boné azul que ainda não tirou, apesar de estar dentro de casa. Ela tem um rabo de cavalo que sai de sua nuca. Com certeza ela penteia o cabelo assim todos os dias. Dentro do decote, aproveitando o fato de que a camisa do uniforme está abotoada até o segundo botão, ela colocou os óculos pretos. Ela parece triste. "O nome dessa mulher era Esther Ramallo e tinha vinte e cinco anos no dia em que desapareceu, depois de uma sessão fotográfica com aquele homem de quem agora você se tornou amiga e que, por qualquer razão, quer proteger. Eu, pessoalmente, acho que você não entende muito bem do que estamos falando, porque, se entendesse, teria agido de forma diferente". Na verdade, Carla não sabe do que está falando. Carla, na verdade, decidiu, em algum nível inconsciente, mas decidiu, que essas palavras não chegariam ao seu interior. Não totalmente. Ainda não. Apenas seu significado literal e, digamos, mais superficial: *esta mulher está dizendo ou sugerindo ou falando de tal forma que se pode vislumbrar, mesmo que muito superficialmente, que César é responsável pelo desaparecimento daquela mulher.*

"Não fique zangada e me deixe acabar de falar". A policial está começando uma nova sentença e esse começo é um pouco injustificado porque, para falar a verdade, ela não abriu a boca. "A última pessoa a ver Esther Ramallo viva foi esse homem, um fotógrafo de moda". "Foi o que me disse também". "Muito bem, continuo, a última vez que Esther Ramallo foi vista com vida foi com esse homem durante uma sessão fotográfica. No dia seguinte os pais dela denunciaram seu desaparecimento. Logicamente, à polícia de Madri". "De onde?" "De Madri". "Ele trabalhou ali em uma agência de modelos, onde conheceu sua mulher", informa Carla. A policial suspira, se serve de outro café e vai até o micro-ondas. "Posso?" Carla assente com a cabeça. "Eu lhe digo que ele nunca foi casado com ninguém, nisso ele está mentindo, mas porque fez isso eu não sei, ou melhor, eu sei". A agente para de falar, ou melhor, ela para a conversa, e volta para onde estava. "Uma semana depois a jovem apareceu morta em uma pensão com uma agulha enfiada em uma veia". "Ah", disse Carla, "overdose". "Sim, parecia isso, sim, mas não foi overdose. Quero dizer, ela tinha tomado heroína, mas a autópsia revelou que ela na realidade morreu estrangulada". "Claro", disse ela, ficando em pé. "Claro. Não é? E é por isso que temos que concluir que ele a matou, certo?" A policial, talvez para não ficar mais baixa que ela, também se levantou e disse a mesma coisa novamente. "Veja você... dois anos antes Eva Costas desapareceu em Barcelona, outra modelo, vinte e seis anos, não há fotos tiradas por ele, mas ela trabalhou para a agência onde ele foi contratado. Ela foi encontrada afogada no mar e na autópsia ficou comprovado que tinha sido estrangulada antes de entrar na água".

"Acho que já ouvi o suficiente". "Me dê o celular". "Não vou te dar. E saia da minha casa".

—x—

POR QUEM REZAMOS QUANDO FINGIMOS REZAR

Ela tirou o carro da garagem. A louça foi deixada sem lavar. Dirigiu por aquela estrada, a antiga de Vigo a Pontevedra, que só se lembra de usar para exatamente o mesmo que vai fazer agora: visitar um cemitério. Um cemitério com vista. Ela dirige e não acha sua postura muito boa; mas isso é porque tem uma dor onde termina o esterno e começa o pâncreas. Por ali. São os nervos, é claro. A caminho do cemitério de Teis (há três dias tinha tomado um atalho da funerária na rodovia) e no trânsito se lembra das intermináveis manhãs de domingo com seus pais indo ver o túmulo da avó Carmen. Ela se lembra de seu pai enxaguando um vaso em uma fonte de um lago cheio de sapos e trocando as flores que, durante anos, sua mãe trazia para a dela. Nunca fizera tal coisa pela sua mãe. Javier convenceu-a, e provavelmente fez bem, que era melhor queimá-la e atirar as cinzas ao mar. Por que reabrir, a cada nova visita, as feridas da morte que é melhor deixar para cauterizar? Para que remover a saudade?

Desses domingos ela se lembra, sobretudo, de como sua mãe a obrigava a ficar diante do túmulo, de braços cruzados, rezando ou fazendo-a rezar pela alma de sua avó, que ela mal conheceu, pois havia morrido quando era muito jovem. Carla pensa em tudo isso e na brutalidade da conversa com a policial. "Tenha cuidado. César é um assassino de mulheres. Você pode ser a próxima. Ele não é quem você pensa que é".

Ela não desliga o carro na frente da porta principal, ao lado da floricultura. Vai um pouco mais longe para subir a colina que leva diretamente ao nível mais alto. A que tem vista para o vale. Ali estará ele, e ali, de fato, está César, assim como sua mãe estava naquelas manhãs de domingo, diante do túmulo da avó Carmen, invocando os tempos de ausência. Ela também o encontra com os braços cruzados, diante da lápide, que já está colocada com o nome de Maria Jesus completo: Maria Jesus Rodríguez Ortiz, a data de nascimento e a data da morte. Lá está ele. Tremendo com um soluço de cadência rítmica e febril. Ele a vê quando chega. Ela abre os braços. Ele se deixa levar e dobra os joelhos. Ele cai aos pedaços. Ele cai dilacerado pela dor. Os gritos são tão altos que não é inapropriado o que vamos dizer: até os mortos tremem de medo. Há um homem partido. Há um homem triste. Contemplem um namorado. *Há talvez um fingido perturbado que é um assassino de mulheres.*

Quem quer que seja, lá está ele, a começar o caminho do luto. Ouve o seu lamento desesperado. "Amor, meu amor, querida, querida, por que você me deixou? Como vou viver agora sem você, Chus, como vou viver sem você?"

Carla chora com ele, que diz: "Obrigado, obrigado, obrigado. Perdão". "Não se preocupe, não há nada de errado em chorar, chore em silêncio, estamos juntos agora".

Ele se solta completamente e cai de joelhos sobre o chão sujo. Está molhado e ele mancha a calça.

Carla se agacha e acaricia a parte de trás de seu pescoço. Devagar.

—x—

SUAS PERNAS SÃO AS COLUNAS QUE SUSTENTAM O UNIVERSO INTEIRO

Na primeira luz vermelha do semáforo, ousou olhar para ele. Mas ele estava olhando pelo vidro. Ele respirava profundamente, suspirando com força, como se estivesse procurando ar depois daquele esforço brutal e desolador. Sentiu vontade de tirar a mão do câmbio e colocá-la na perna dele. E ela fez isso, e depois virou-se. Sorrindo. Ele pôs a mão esquerda sobre a direita dela e a apertou.

"O que queria aquela policial?", perguntou ele. E antes de ela dizer: "Como sabe."... Ele acrescentou: "Eu a vi na sua porta".

—x—

VOCÊ EM MIM, EU EM VOCÊ

Carla envolvia os dedos de unhas pintadas (ela agora lembra o quanto gostava do cheiro dos esmaltes da mãe, que também pintava as unhas dos pés) no peito despido. Aquele peito era consistente com aquela barba e aquele cabelo grosso. Era um peito peludo e másculo. Ela envolveu seus dedos em torno dele e sentiu o deleite de um calor suave em seu seio direito, quase esmagado contra ele. No carro, depois de perguntar sobre a policial, ele a beijou sem pedir permissão ou aviso, pulando em sua boca. E foi uma coisa boa porque ela não sabia o que lhe dizer. Ela ia contar o que tinha dito à policial. Mas ele a beijou e não houve mais chance. Ele a beijou e ela se sentiu molhada quando estacionou o carro. Ela se sentiu líquida quando ele subiu a coxa esquerda dela em direção ao sexo. Ela sentiu um oceano quente quando fecharam a porta do estúdio e ele a despiu pelas costas. Ela sentiu a seda viscosa quando percebeu a dureza dele pressionada contra suas nádegas sem medo. Ele puxou a calça jeans dela para baixo. Suavemente, mas com muita firmeza, ele a puxou até os tornozelos junto com a calcinha, não primeiro as calças e depois a calcinha. Não. Tudo de uma vez. Ele a empurrou com força com a mão direita, pressionando-a no centro da coluna para que ela se dobrasse para encontrar o melhor ângulo para ele, forçando-a, para não cair, a encostar-se à parede com as duas mãos. Ela sentiu que ele estava andando para trás e que estava ofegante, excitado e como um louco. Sentiu que a estava penetrando em um golpe límpido, pois tudo estava deslizando lá dentro.

Alguns minutos depois ele a carregou, como nos filmes, em seus braços para a cama. Nus, os dois. Ele a colocou na cama do lado esquerdo (então ele dorme assim também) e se colocou do lado direito. Então, olhando-a diretamente nos olhos, ele disse: "O que foi?". E ela respondeu suavemente: "O quê?". Ela pensou que assim deve ser sempre uma relação sexual entre dois adultos, quer se conheçam ou não, quer se amem ou não, quer tenham ideias de um futuro compartilhado ou não, uma celebração do momento, uma vindicação do momento. *Agora que estamos aqui, ambos, nus, definitivamente carne, celebremos este instante de gozo absoluto do você em mim, eu em você. Fazer amor (ou copular, se não houver implicações sentimentais) deve ser exatamente como o momento concreto e exato em que um licor desejado desce pela garganta. Aí fechamos os olhos e nos divertimos. Dura um momento. Dura, se for delicioso, uma eternidade de um segundo fugaz e imortal. É um prazer com um gosto residual, se for bem feito, tardio na alma. Mesmo que isso seja feito com um provável assassino que talvez tenha posto os olhos de animal em mim, sabe-se lá para quê.*

Enrolava os dedos à volta daqueles pelos emaranhados. Havia alguns pelos grisalhos em volta dos mamilos dele. Pequenos. Quase invisível para os pequenos e para a selva peluda que cobria todo o peito. "Sabe", disse ela, "sou um pouco como Maria Jesus". Ele abriu os olhos para olhar para ela, pensativo. "Por que diz isso?" "Porque eu, como ela, também estou sozinha". Carla viu que ele estava olhando para ela com mais intensidade. Mas ele simplesmente não entendeu. Ela levantou-se um pouco. Carla gostava de ver seus seios pendurados em direção ao centro da Terra, atraídos em perfeita harmonia por Newton e sua irrefutável lógica física. "Quero dizer... se o que aconteceu com ela acontecesse comigo, se eu tiver um ataque cardíaco..". Não, ela ponderou. "Se eu morrer de um ataque ou sei lá do quê, se eu morrer, quero dizer, agora, hoje, aqui mesmo ou daqui a um ano, se algo como o que aconteceu com ela acontecesse comigo, se você me matasse, por exemplo" (ele agora tem os olhos fechados, então não sabemos se ele reage diante daquelas palavras liberadas para provocar, talvez, o caos no universo), "ninguém cuidaria de mim". "Seu marido faria isso", disse ele. "Sim, talvez, talvez não, não tivemos filhos, não há mais nada que me ligue a ele". César fechou os olhos novamente, jogou o braço direito sobre o corpo dela. "Vem aqui", e a apertou com força. "Você não é como ela, você tem muito lá dentro", ele tocou o coração dela com o dedo indicador, bem sobre o seio esquerdo. Os mamilos perceberam toda a intensidade da carícia. "Seu marido não sabia quem você era, eu sei". "E como você sabe? O que você viu que ele não viu?", ela perguntou. Ele colocou a língua em sua boca num beijo profundo como nunca ninguém lhe tinha dado antes, e foi a sua maneira de responder. Em poucos segundos ele estava cavalgando novamente em sua pélvis à velocidade da luz.

—x—

ZERO A ZERO

"Acho que é importante que eu lhe conte tudo o que a policial me falou". Ele lhe deu as costas enquanto preparava algo na cozinha. Ela estava sentada numa cadeira à mesa, vestida com uma camisa (uma das dele) e de calcinha. Por um momento ela foi capaz de se ver de fora. E ela parecia bem e gostou quando se viu. Foi uma cena de um lindo filme de amor que ela viu em algum momento no passado. O casal que se conhece, vai para a cama depois de muito tempo, finaliza, e ela se veste com a camisa dele, a confiança é total, tudo é perfeito. "Posso imaginar o que ela te disse". Ele se vira depois de dizer isso. Ele só está usando uma calça jeans. A frigideira está fumegando e tem uma omelete de presunto lá dentro. "Está com fome?", pergunta. Ela não responde. Ela se levanta e agora pergunta. "Onde estão os seus pratos?" "Ali". Ela pega dois e dois copos. "Não, só um copo, para mim uma cerveja da geladeira, eu não preciso de copo". "Para mim também", diz ela, que nunca bebe álcool. Sua vida era toda cerveja sem álcool, café descafeinado, marido sem amor, vida sem filhos, histórias de amor sem amor, loucura romântica que aconteceu apenas na sua cabeça, romances cor-de-rosa sem final feliz, uma revolução que nunca veio mas que sempre desejou, até hoje, e que talvez tenha chegado, ou talvez não, veremos. *Talvez seja verdade o que a policial disse e minha vida está em perigo. Deveria se sentir inconsciente? Deveria. Sente-se? Sim. Importa-se? Mais ou menos. Por quê? A resposta pode ser uma: você enlouqueceu.* Javier estava certo. Ela nunca foi muito inteligente. Ou pode ser: consciente da sua triste vida, ela está à procura da morte. Ou pode ser: depois de ter chegado até aqui, o que quer que tiver de ser será. E essa não é uma frase vazia nem uma frase triste. É uma conclusão completa. Na verdade, o que acontece é que hoje ela sabe que Amor é uma palavra como outra qualquer. Esta poderia ser a frase sumária, ou o título, desta história:

Amor é uma palavra como outra qualquer. Hoje ela sabe disso. Hoje ela está finalmente livre. Hoje Carla entende o sentido da vida, talvez, alguns minutos antes de a perder para sempre. Ela entende, na verdade, que a vida não tem sentido. Ela acreditou por muito tempo que sim, que a vida (como cristãos, comunistas e tantos outros que organizam a vida com base em um Credo acreditam) tem sentido. O significado foi-lhe dado pela sua relação. O norte era Javier. O horizonte mais próximo era o amor. Mas hoje descobriu A Frase. Hoje foi-lhe revelada uma Verdade Absoluta: *amor é apenas uma palavra.* Nada mais do que uma palavra. Como qualquer outra. Não pode ser um lugar, uma realidade, uma coisa. É uma palavra como qualquer outra, digamos, como gato, caixa, garrafa, mas também como liberdade, felicidade, esperança. Hoje está muito consciente disso. E por isso a conhece. E por isso sente. E é por isso que podemos dizer que esta história está chegando ao fim porque Carla acabou de ter uma epifania. Absoluta. Radical. Nada pode ser o mesmo depois da pancada que acabou de levar dentro da cabeça. O amor é o caminho, um dos caminhos, que usamos para enganar a morte, para dar sentido e lógica ao que é absurdo e sem propósito. Aquilo a que chamamos vida. Portanto, tendo chegado aqui, tanto faz morrer ou viver. *Eu preferia viver, claro. Mas isso não importa.* Sente. Sabe. E é por isso que nada mais importa. Não importa que Javier esteja com Verônica, *se é que está, porque há um monte de mensagens por dia insistindo que eu ligue para ele.* Talvez ele já nem esteja com Verônica e queira o perdão dela. Mas não importa se ele está ou não. Assim como não importa quem César realmente é ou o que finge ser, o que esconde ou quer. Veremos. Será prudente, pois não quer morrer. Mas não importa porque já não cabe a ela o que acontece. Está na casa dele. É noite. Agora tem de se entregar até este momento. Sartre e todo o Existencialismo, lembremo-nos, explicaram muito bem: a vida não tem sentido em si mesma. Então, vamos dar isso a ela. É por isso que ela se senta na cadeira. Sim. Agora e neste momento, neste momento filosófico, precisamos falar sobre a bunda. Assim repetimos: apalpa a bunda, as nádegas em que ele bateu com a palma da mão festiva, não faz nada, dá uma bofetada nas nádegas nuas enquanto a penetra feliz, por trás, numa luta que também não é exagero dizer que foi divina. E enquanto o traseiro sente os seios esfregando-se sem sutiã no interior da camisa de um homem forte que acaba de amá-la com generosidade e absoluta ausência de egoísmo, concentrado em dar prazer a ela, atento a apertar-lhe com força quando cada um dos seus orgasmos decidiu aparecer para fazer uma visita àqueles dois felinos de carne que se tinham tornado, sim, vamos falar de bundas. Seios. Vamos definitivamente falar sobre a vida. Vamos escrever sobre isso. A grande vida, vamos ver se finalmente somos compreendidos. A grande vida da qual é impossível falar sem se referir a bundas, seios, pênis em ereção bendita, bela e reivindicativa devoção. A vida, vadia, a Vida. Linda, como Carla está agora. Como foi possível que não tenha sido todos esses anos, é algo que não se explica. A filosofia, é claro, eu não saberia. A filosofia, na verdade, não importa. Carla está plena. Todos deveríamos sentir isso em algum momento de nossas vidas. Mesmo que fosse no fim de tudo, na centelha muito imediata da convicção óbvia de que a morte está para chegar.

"Há alguns anos a polícia quis me envolver no caso de uma mulher que apareceu morta por overdose em uma pensão, em outra cidade". Ela corta a omelete em dois pedaços e coloca uma metade exata para cada um em seus respectivos pratos. Um gesto doméstico e cúmplice. Nada alimentício. Absolutamente espiritual. Ela percebe que há pão no balcão. Um pequeno pão. Ela o parte com as mãos e dá a ele um pedaço irregular e, portanto, perfeito. "Eu fui o último a estar com ela. Era uma mulher problemática, ou menor, mulher não é a palavra, era uma menina bem nova, mas envolvida em assuntos estranhos". Ela coloca o primeiro pedaço de omelete na boca e ajuda a engolir com um longo gole de cerveja. "Ela era viciada em heroína", diz Carla. "Exatamente. Ela era uma drogada, se meteu em tudo. No dia anterior tivemos uma sessão de trabalho, uma parte na rua e outra parte no meu estúdio. E foi um espanto aquela tarde, eu tirei as fotos e as dei para a agência onde trabalhava na época, e nunca mais a vi na vida. Alguns dias depois a polícia veio até minha casa para fazer perguntas sobre onde eu estava naquela noite, porque, é claro, na agência tinham contado que ela havia passado a tarde comigo, o que era verdade, mas o que os preocupava era se a garota também estava comigo à noite, veja só esse disparate. Eu com ela à noite. Estava com a minha mulher, com quem eu ia estar? Mas eles estavam preocupados com a noite, não entrava na cabeça deles que eu estivesse sozinho quando ela se meteu no que se meteu e morreu, mesmo eu dizendo que estava com a minha mulher, repito, não pense que eles acreditaram completamente em mim". "Veja, César, a policial que veio disse que você nunca foi casado e que a garota morreu por estrangulamento". Ele pega a cerveja agora, sorri e seu sorriso é largo. Ele tem uma boca muito grande e dá para ver, de fato, mas não é desagradável, alguma omelete dentro meio mastigada. Ela coloca a garrafa na boca e esvazia praticamente de uma só vez, ela tem os olhos fixos nos lábios dele, não porque esteja esperando uma resposta para um comentário tão crucial que ela acabou de fazer sobre o estrangulamento, mas porque a lembrança daqueles lábios saborosos que sugaram todo o seu corpo é demais para ser ignorada. "E ela está certa". "Quem está certa?" "A policial tem razão, eu nunca me casei com Rut". "Com quem?" "Com Rut, a mãe dos meus filhos". "Claro", diz Carla, "é claro, é por isso que eles não sabem do seu casamento em lugar nenhum". "Certo", diz ele, bebendo o que resta da cerveja e em três dentadas come a omelete inteira. César é um homem voraz, bebe vorazmente, come vorazmente, fode vorazmente; é verdade que ela não tem muito a comparar, uma vez que Fátima lhe tinha falado de homens que *fodem com força*. Ela se lembra da expressão, que a chocou um pouco, que a fez tremer um pouco, que a envergonhou um pouco, deve ser algo assim o que aconteceu antes, deve ser algo assim porque entendeu que poderia não ter um único orgasmo naquele dia, que ainda seria o melhor momento de amor em sua vida. Sim, escrevemos amor. Era o que era. O amor. E isso é indiscutível. "A policial também falou sobre outro caso". "Sim, uma modelo que se afogou, mas eu não cheguei a trabalhar com essa. De qualquer forma, você sabe como é a polícia". Ela não sabia, a verdade é que ela não sabia nem suspeitava do que tinha de saber sobre a polícia, mas ela disse "sim, claro". Felizmente, ele, enquanto passava o pão pelo prato já vazio e molhava-o, esclareceu. "Precisam de culpados, precisam levar os mortos até alguém. Eu, por qualquer razão, tinha de estar no lugar onde não devia estar duas vezes, e agora, depois do que aconteceu com a pobrezinha da

Chus, algum alarme disparou ou deu alguma merda nos computadores deles, e... Está vendo? Depois também disseram que a estrangularam". Ele se cala. "Olhe, consigo ver a sua sala de estar daqui". Lá em cima está a sala de estar da casa de Carla. "Quero que durma aqui esta noite". Ela aperta os lábios e não diz nada. "Venha. Vou fazer um café". Ela não toma café à noite. O café acorda os fantasmas. "Está bem. Vamos tomar um café". Ele a toma pela mão novamente e a senta gentilmente em uma cadeira na cozinha.

— x —

CADÊNCIAS

Ele dorme e ela não; está nervosa, e então tentar harmonizar sua respiração com a desse homem que está ao seu lado e que dorme com os olhos fechados e com a boca um pouco aberta, com um ânimo sossegado que lhe dá confiança. Não se lembra de como Javier respirava, se roncava, se emitia algum som. César sim, ronca um pouco, mas é um ronco quase imperceptível, ela se dá conta porque está atenta, porque está acordada, porque está nervosa e não consegue dormir. Nesta ocasião não são os fantasmas. Nem sequer o café.

Levanta-se com muito cuidado para não o acordar. Como se levanta de uma cama em que se dorme com um filho. Levanta-se e sai andando para o corredor. Para e não sabe muito bem o que fazer. Sua calça está jogada no meio do corredor, amassada, feliz. Ele a tirou depois de tê-la baixado até os tornozelos para penetrá-la por trás, já contamos isso. Também havia sua bolsa ao lado. Pega-a e tira os dois celulares. Pressiona a tela e ela se acende para deixá-la ver Maria Jesus com Lola, a amiga louca com quem costumava ir dançar à noite no Duke.

—x—

DESCONSTRUÇÃO

Deixa a bolsa sobre a mesa. Ali está o livro que viram juntos, aquelas mulheres *comuns*, como ele as chamou, que eram as que interessava fotografar. Sabia que ela era a última, então abriu no final e a última, para sua surpresa, não era ela, mas outra. Debaixo da mesa havia um espaço onde se viam mais livros. Pegou um. Todos eram mais do mesmo: mulheres em diferentes poses. Ela gostou de quase todas as fotos. Pareciam realmente bonitas como ele queria; pareciam e sentiam. Ela era uma dessas mulheres. Uma das muitas mulheres que inspiraram aquele poeta ou assassino. Ela o devolveu ao lugar e pegou outro. Havia pelo menos dez livros como aquele. Colocou todos sobre a mesa procurando não fazer barulho. Foi passando as páginas devagar. Parou em uma página com a foto de uma mão. Na página seguinte outra, de um pé. E, na terceira, Maria Jesus inteira, não em partes, tirada no chão, dentro de casa, sobre o chão da sua casa. Da casa dela, da casa de Carla. Essa que agora ela pode ver pela janela. E atrás desse vidro que refletia César avançando com uma corda na mão.

— × —

CAI O PANO. LUZ

      Carla fala com a policial e não pode esconder a perplexidade que sente por não ter percebido antes, não que César era de fato um assassino de mulheres, como ela a tinha avisado (o que ela intuiu antes), mas que a policial era Lola. "Você é Lola, você é Lola, policial, não Lola, uma amiga de Maria Jesus para ir dançar no Duke como uma louca. Era você com uma peruca no cemitério. Eu sou uma completa tola, eu estava cega ou não queria ver, eu não podia imaginar". "De qualquer forma, você não tem de se sentir mal com algo assim". "Agora compreendo, você queria o celular porque havia todas as fotos de mulheres, certo?" "Sim, é por isso. Maria Jesus tirou fotos no estúdio de César, tirou fotos que eram provas. Ela tirou fotos daqueles livros com muitas dessas garotas que mais tarde desapareceram ou apareceram mortas, não todas, é claro, o assassino, como todos, dissimulava, mas algumas delas... A maior parte das mulheres fotografadas por César eram só o que ele te contou, isso ele não mentia: modelos anônimas, mulheres que entraram em seu estúdio e que foram convencidas por ele a se deixarem fotografar. Mas outras não".

      Maria Jesus morreu provavelmente de ataque cardíaco, na autópsia não havia nada. A policial tinha insistido sobretudo para deixá-lo nervoso. "E Maria Jesus era uma policial, naturalmente, ela também era uma agente, e trabalhava ali, na sua casa, porque de lá controlava todos os movimentos do suspeito, da sala se vê o laboratório, e sobretudo se vê quem entra e quem sai. Havia uma equipe camuflada sempre montada na frente da porta, cada vez um carro diferente controlando-o. Muitas das que viu fotografadas no livro são policiais, minhas companheiras e de Maria Jesus, que entraram uma vez para tirar fotos de identidade só para dar uma olhada. Ela não se chamava Maria Jesus. Na verdade, tivemos de enterrá-la, enfim, você a enterrou, com esse nome falso. Em breve a família, seu marido e os dois filhos pequenos que ela teve, e que tanto têm sofrido, poderão tirá-la do túmulo e cremá-la, agora que tudo acabou. Rafael Bazán também é um policial, e a mulher da central de seguros com quem falou, o seu telefone também estava sob escuta. Éramos sempre nós. Não podíamos deixar você sozinha com ele".

—x—

UMA LINDA HISTÓRIA DE AMOR

"É incrível que não tenha jogado fora o celular, Carla, por que acha que a polícia estava te pedindo isso? Se o tivesse jogado fora, talvez isso não acontecesse agora, talvez chegássemos a um lugar agradável, você e eu. Porque nós éramos um bom casal. Senti que você poderia aprender a me amar. Senti o mesmo que senti com algumas das outras. Pensei que vocês fossem todas especiais. O que eu não sei é se alguma vez sentiu o mesmo por mim. Seja como for, podíamos ter tido uma linda história de amor. Até mesmo por anos. Uma linda história de amor, Carla, do tipo que todos gostam. E teríamos sido muito felizes, acho eu".

Carla percebe que sim. Que tem razão. E que se pode ser feliz mesmo com um louco assassino de mulheres, desde que não se saiba de nada. Lembre-se: o amor é uma ficção. Nós amamos, sempre, uma ficção. Uma ideia. Pior: um ideal.

César fala com ela e avança com a corda. "Nesse celular, há fotos que me comprometem. Fotos tiradas por Maria Jesus na única vez que ela esteve aqui com o pretexto de tirar algumas fotos de identidade". "A única". "Eu não a conhecia. E não faça essa cara". "Você inventou tudo. Eu me deixei levar". "Vamos ver, pense. Se você entra em contato com um estranho (que também é um assassino, embora você não soubesse na época) enviando-lhe um WhatsApp, e você se propõe a conhecê-lo, e esse assassino também tem você sob controle porque ele a vê do seu laboratório, e ele a vê no momento exato em que você está escrevendo essas mensagens, então você está perdida uma vez que escreve o que escreve, e responde aos meus corações e eu não sei o que mais. Eu sabia de você porque sabia que Maria Jesus fingia trabalhar lá, mas eu sabia que ela era policial; eu não soube sempre, soube quando ela veio tirar as fotos de identidade e entrei para pegar uma bateria nova para o flash, que tinha ficado sem carga, e a vi tirando fotos dos livros com o celular. Observei-a durante vários minutos tirando fotografias de todas elas e fotografando tudo. Depois só tive de segui-la para vê-la entrando na sua casa. Imaginei que, depois de Madri e Barcelona, a polícia iria pelo menos prestar atenção ao que eu fazia. Então não foi difícil apanhá-la. Porque, claro, eu matei as outras, as duas de que a policial te falou, como vou fazer agora com você". "Eu sou muito bom com cordas. Você vai ver".

"Mas você disse que estava com saudade dela, que a amava, chorou, me fez acreditar que a amava".

"Sou um ator muito bom e você estava disposta a amar. Ela não era minha namorada. Mas você queria acreditar que ela era. Eu só fiz o papel que você escreveu para mim. Um belo papel, devo admitir. Mas um papel falso".

"Então você vai me matar".

"Vou te matar, sim. Tenho de fazer isso e me livrar do celular. Se você tivesse se livrado dele, nada disso teria acontecido, repito. Isso está acontecendo por sua causa".

César a amarra com uma corda grossa, na verdade muito grossa. Talvez não fosse preciso assim tanta espessura para amarrá-la. Ela é muito pequena. Sempre foi. E hoje muito menor. Ela não tem força para resistir. E não tem medo também. Mesmo sabendo que vai morrer, ela não tem medo. Depois, com uma corda mais fina, ele dá a volta em seu pescoço, ainda não apertada. Mas já está começando a apertar.

—x—

QUANTO AMOR

"A última chamada de Maria Jesus foi para mim", diz a policial, ao colocar um chá na mão dela. "Ela me disse que tinha as fotos no celular e que o melhor era eu ir à sua casa buscá-lo. Mas não deu tempo. Talvez quando foi abrir a porta ela pensou que fosse eu. Mas era o assassino. E ela levou um susto e morreu. Nós não somos feitos de ferro".

"O seu marido está lá fora". "Eu sei que é ele. Eu vi o carro estacionado".

"O que vai fazer? Eu liguei para ele porque não sabia para quem ligar".

"Sim, fez bem. Há alguns dias eu pensava que era como Maria Jesus, uma mulher sem mais ninguém no mundo". "Você não é como ela". "Eu sei disso". "Tivemos de dizer tudo o que dissemos sobre ela, que não tinha família, que não tinha bens, nada, porque se ele pensasse em investigar, nada poderia ser encontrado. Ele lhe contou sobre o número de mulheres mortas?" "Duas, ele me contou sobre as duas de quem você me falou quando veio à minha casa". "Sim, são as duas pelas quais ele foi interrogado lá onde morava, mas nós já pegamos aquele livro, aquele que disse que estava preparando uma exposição. Lá existem mulheres que coincidem com outras jovens desaparecidas". "Quantas mentiras mais existem?" "Muitas". "Ele não foi casado, certo?" "Sim, eu te disse, ele não foi casado, nem tem companheira, nem filhos ou qualquer das coisas que ele te disse. Encontramos, quando fomos tirá-lo de lá, um livro, uma espécie de catálogo no qual ele contava tudo o que fazia com elas". "E nesse catálogo, eu estou nele?" "Sim, você está, mas só fala de uma noite que você passou com ele". "Sim, ele tirou fotos minhas. As melhores fotos que já tirei na vida. Eu nunca fui tão bonita. Nunca me senti tão amada".

Javier entra. Eles abrem a porta da viatura onde Carla e a agente estão sentadas. "Está ferida, vida? Aquele sacana machucou você?" "Ele não teve tempo. A polícia entrou quando ele estava colocando a corda em volta do meu pescoço". "Sim", disse a agente, "vimos tudo da sua sala de estar. Tivemos de entrar para pegar você. Para pegá-lo, para dizer melhor".

"Javier, eu não respondi às suas mensagens". "Não importa, amor. Eu não estou com Verônica. Foi um momento de fraqueza, eu fui um idiota, foi um caso, foi por eu ser mais velho, Carla. Eu não sei o que foi". "Não diga nada, Javier. Nem eu nem você nos amamos. Eu nem mesmo o amava antes. Talvez eu tenha sonhado que o amava. Isso é tudo". Javier aproxima-se dela. Claro, ele não entende nada. Talvez seja por isso que ele a abraça tão forte. Ela se deixa abraçar e fala com firmeza, sem dúvida: "Quero que você volte para casa". Ele se afasta e olha para ela ainda mais confuso. "Tem certeza? Me perdoa?" "Não há nada a perdoar. A vida é assim. Estamos completamente confusos, desde a raiz, o amor é uma merda. Ou talvez não o amor, mas o nosso é. Uma merda completa".

"Mas eu te amo", disse ele. Ela o olhou e não disse nada. "Podemos ir?" "Sim", disse a policial, "o delegado já vai chegar. Tivemos sorte de ele não ter atirado em você. Vamos ter de chamá-la para testemunhar daqui a alguns dias". Carla se levanta. "Está tonta?" "Não, eu estou bem". Javier segura a mão dela, assustado não tanto pelo que acabou de acontecer, mas pela sua compreensão da magnitude brutal da solidão. Ela, no entanto, entrelaça os dedos nos dele. "Tem certeza, vida?" "Sobre o quê?" "Que me quer de volta". "Eu não disse isso, Javier, só estou dizendo que esta noite quero que volte para casa para dormir. Na minha cama e comigo. Amanhã será outro dia e veremos". Ele aperta a mão com mais força. Ela sente aquela mão.

Ela sente.

—✗—

Este livro foi composto com tipografia Ibarra Real Nova, Kulim Park e Abuget e impresso em papel Pólen 80m/g².